RHÉIA,

OU

LE ROBINSON

DES DEMOISELLES;

PAR Mme WOILLEZ,

AUTEUR DES SOUVENIRS D'UNE MÈRE DE FAMILLE, DES
VIES ET AVENTURES DES VOYAGEURS, ETC.

À Paris,

J. LANGLUMÉ ET PELTIER, LIBRAIRES,
RUE DU FOIN SAINT-JACQUES, N° 13.

1835.

EMMA,

OU

LE ROBINSON

DES

DEMOISELLES.

IMPRIMERIE DE J. GRATIOT,
Rue du Foin Saint-Jacques, Maison de la Reine Blanche

*Oh! Mon Dieu, que vais-je devenir ? mon
père ne vous verrai-je donc plus !*

EMMA

OU

Le Robinson des Demoiselles

par M.me Woillez

Telle était Emma à quinze ans.

PARIS

Langlumé et Peltier Libraires

Rue du Foin St Jacques N.11.

EMMA,

OU

LE ROBINSON

DES DEMOISELLES ;

PAR Mme WOILLEZ,

AUTEUR DES SOUVENIRS D'UNE MÈRE DE FAMILLE, DES
VIES ET AVENTURES DES VOYAGEURS, ETC.

PARIS.

LANGLUMÉ ET PELTIER, LIBRAIRES-ÉDITEURS,
RUE DU FOIN SAINT-JACQUES, N° 11.

—

1855.

LE

ROBINSON

des demoiselles.

CHAPITRE PREMIER.

> Parents vertueux, soignez bien la
> première éducation de vos enfants; ces
> jeunes plantes porteront un jour des
> fruits, et ces fruits feront vos délices.

La révolte des nègres contre les blancs,
arrivée à Saint-Domingue en 1791, avait
forcé M. de Surville d'abandonner à la
fureur de ses nombreux esclaves la riche
habitation où il était né, et que ses soins
depuis dix ans avaient rendue l'une des
plus florissantes de la contrée.

1

Chassé loin de sa terre natale, emportant au fond de son cœur le souvenir déchirant des scènes de carnage dont il venait d'être le témoin, et n'ayant d'autre ressource qu'une éducation solide et ses connaissances en agriculture, il vint en France réclamer l'appui de quelques anciens amis de sa famille, qui lui firent obtenir une place de régisseur dans un domaine situé près de Blois, et délaissé depuis assez long-temps par son propriétaire.

Il était difficile que M. de Surville trouvât, après le malheur qui venait de le frapper, une situation plus conforme à ses goûts et à ses habitudes. La terre qu'il avait à régir ayant été fort négligée, et l'absence prolongée du maître le laissant entièrement libre d'y apporter toutes les améliorations dont elle était susceptible, il put bientôt se faire illusion et se croire encore au milieu de ses riches plantations de Saint-Domingue. Un nègre, nommé

Dominique, qui avait été son libérateur au moment du péril, et qui l'avait suivi en France, contribuait à fortifier cette illusion, en s'efforçant de donner aux vastes jardins du château, dont il surveillait la culture, l'aspect de ceux qui entouraient naguère la riante habitation de son maître.

Ce dernier se maria avec une jeune orpheline, chassée comme lui du sol natal, et, bien que cette union ne lui apportât aucun avantage pécuniaire, tous ses tristes souvenirs disparurent pour faire place aux plus douces espérances. C'est ainsi que la vie de l'homme s'épuise dans une alternative de maux et de biens, qui, tour-à-tour, lui montre l'avenir sous les couleurs les plus sombres ou sous le jour le plus brillant.

Se croyant sûr désormais de ses moyens d'existence, et devenu l'époux de la femme la plus aimable et la plus vertueuse, M. de Surville oublia presque qu'une grande adversité l'avait déjà frappé, et qu'une autre pouvait le frapper encore : il est si doux de croire à la durée du bonheur qu'on éprouve ! Mais, hélas ! le sien ne devait avoir qu'un instant. Madame de Surville mourut au bout d'une année de mariage, en donnant le jour à une petite fille qu'elle eut à peine le temps de bénir et de presser sur son sein, et l'infortuné père, abîmé sous le poids de ce nouveau coup, tomba si gravement malade, qu'il fallut, pendant près d'une année, éloigner de sa vue l'innocente créature dont la naissance avait coûté la vie à l'objet de sa tendresse.

Ainsi Emma, tel est le nom qu'il donna à sa fille, fut condamnée dès qu'elle vit le jour à faire l'apprentissage de l'affreux isolement auquel la Providence la destinait; et s'il est vrai, comme il n'est guère possible d'en douter, que les premières impressions de l'enfance aient une influence marquée sur le caractère de chaque individu, le sien dut nécessairement prendre la teinte de l'atmosphère de tristesse qui se trouva répandue autour d'elle à son entrée dans la vie.

Pour que sa présence n'ajoutât point au désespoir de son père, on l'avait reléguée, par l'ordre des médecins, dans un des pavillons du jardin, où une paysanne maussade et un pauvre nègre bien laid et bien chagrin approchaient seuls de son berceau. Sa nourrice, il est vrai, surveillée par Dominique, fournissait à tous ses besoins; mais cette femme, arrachée à ses enfants par l'appât d'un gain assez considérable, ne donnait qu'à regret à son nourrisson le lait qui appartenait de droit à son dernier né. Aussi ses soins pour Emma étaient dénués de cet amour, de cette tendre sollicitude maternelle si nécessaires à l'heureux développement de l'enfance. Jamais une caresse ou un doux sourire ne venait égayer la pauvre petite; tout était froid, mélancolique, autour d'elle; on eût dit

que la mort, qui avait présidé à sa naissance,
l'avait enveloppée en même temps de son
voile lugubre.

Le bon noir, qui attristait ses premiers
regards par son air affligé et ses traits dif-
formes, était loin cependant de ne pas
lui porter un vif intérêt ; car c'était lui
qui avait sollicité la charge de veiller sur
elle, et il s'acquittait de ce devoir avec
une sollicitude égale à celle d'un père.
Mais plus l'excellent homme s'attachait à
cette enfant, plus il se désolait en voyant
son malheureux maître hors d'état de
rapprocher de lui le seul être qui pût le
rattacher à l'existence.

« Maître pas toujours ainsi, se disait-
il souvent en versant des larmes près du
berceau d'Emma ; pas possible, ou fera
mourir Dominique de chagrin..... Pauvre
petiote ! si douce, si jolie, si bien semblable à maîtresse, serait pour lui grande
consolation ; enfant toujours faire du bien
au cœur d'un père. Moi la montrerai à

lui, c'est sûr, et lui alors dira merci! »

Et Dominique faisait mille projets pour présenter à son maître la jolie enfant, pour qui lui-même éprouvait une si vive affection.

Cependant plus de dix mois se passèrent sans qu'il osât enfreindre l'ordre des médecins, qui chaque jour recommandaient que l'on ne donnât aucune sorte d'émotion à leur malade, dont les organes étaient considérablement affaiblis par l'excès de la douleur. On avait fait croire à cet infortuné que sa fille était chez une nourrice à quelque distance du château : souvent il s'informait d'elle ; mais l'agitation qui, dans ces moments, se peignait en lui, faisait craindre de lui donner une commotion trop vive en la lui présentant.

Pendant ce laps de temps, Emma, d'abord assez languissante, avait acquis une santé robuste ; l'accroissement de ses forces était remarquable ; ses membres potelés avaient une souplesse qu'ils devaient

sans doute aux soins assidus de Dominique,
qui, depuis son projet de l'offrir aux regards de son père, n'avait pas passé un seul
jour sans lui faire faire quelque nouvel
exercice.

Il lui avait appris aussi à prononcer
le mot *papa;* et quand elle balbutiait plusieurs fois ce nom, si doux à l'oreille d'un
père, le bon noir oubliant sa tristesse et
claquant des mains, lui criait, comme si
elle eût pu le comprendre : « Bien cela!
toujours dire ainsi ; bon maître heureux
encore. »

Lors donc qu'il crut le moment arrivé
d'exécuter son dessein, il ordonna un matin à la nourrice de parer Emma de sa
plus belle robe, de l'endormir ensuite, et
de la placer doucement dans une barce-
lonnette dont il se chargea. Étant sorti
du pavillon avec son précieux fardeau,
il prit le chemin du cimetière, où il savait
que M. de Surville, alors convalescent,
se rendait depuis quelques jours, pour prier

au pied du monument funèbre élevé à la mémoire de celle qu'il avait perdue.

Dominique ayant devancé l'heure, s'approcha du tombeau, y déposa l'enfant, s'agenouilla près d'elle, et dit en la regardant avec le plus vif intérêt :

« Pauvre petiote ! mère à toi dormir ici pour toujours, mais cendre à elle parler pour toi au cœur de bon maître ; lui voir ton doux sourire, et être consolé. »

Se cachant ensuite derrière le monument, il attendit avec impatience l'arrivée de M. de Surville, qui parut enfin à l'entrée du cimetière.

Sa démarche était lente comme celle d'un homme affaibli par la maladie et une profonde affliction ; ses joues pâles et creuses, ses cheveux blanchis avant l'âge, attestaient tout ce qu'il avait souffert, tout ce qu'il souffrait encore en revoyant la tombe d'une épouse chérie. Plus il s'en approche, plus ses pas deviennent chancelants. Tombant à genoux, il va prier ;

mais quel objet a frappé ses regards? Un
enfant beau comme le jour près de cette
pierre froide et lugubre!

« Oh ciel! s'écrie l'époux malheureux. »

— « Papa ! » dit l'enfant qui s'éveille.

Dominique paraît alors : « Petite fille
être à vous, dit-il à travers ses sanglots, et
en tombant aux pieds de son maître; moi
l'ai apportée pour être consolation; vous
plus éloigner enfant à bonne maîtresse! »

Un tremblement convulsif s'était em-
paré de M. de Surville : ce tombeau, cet
ange qui lui sourit en lui tendant les bras,
les paroles du serviteur fidèle qui embrasse
ses genoux; tout dans cette scène boule-
verse son âme, et pourtant, oui, il est
moins malheureux : pour la première fois
depuis la mort de sa femme, il éprouve un
autre sentiment que celui de ses regrets;
il est père enfin; il le sent aux battements
précipités de son cœur, au plaisir qu'il
éprouve en contemplant cette enfant que si

long-temps on a tenue éloignée de lui, et qu'il presse avec ardeur sur son sein.

« Fille de ma Louise, s'écrie-t-il, je fus coupable envers toi : égaré par mon désespoir, j'ai délaissé ton berceau ; mais ici, sur cette tombe où repose ta mère, je te promets de réparer mes torts. »

Tendant ensuite la main au bon noir, qui est ivre de joie : « Tu m'as rendu à moi-même, lui dit-il ; cher Dominique, que ne te dois-je pas ! Mais sortons d'ici ; l'air qu'on y respire ne vaut rien pour cette chère petite. » En même temps il quitte le cimetière, emportant sa fille dans ses bras, et prend le chemin du château, où Emma n'était pas rentrée depuis sa naissance.

Il serait impossible d'exprimer les diverses émotions que M. de Surville éprouva lorsque la nourrice, que le nègre alla chercher, se mit à allaiter l'enfant ; il songeait à la tendre mère que cette enfant avait perdue, et cette pensée lui déchirait le cœur. Peu à peu cependant ces impressions douloureuses firent place à des jouissances inconnues jusqu'alors à son ame.

Il y a tant de bonheur à voir croître sous ses yeux l'innocente créature qui nous doit la vie! Quel est le chagrin qui ne s'adoucisse au premier sourire, aux premiers accents de l'enfant qu'on aime?

Emma aussi s'attacha dès lors bien tendrement à l'auteur de ses jours; car elle n'avait vu jusque-là que des êtres disgraciés de la nature, et M. de Surville était doué d'une figure si douce et si agréable; il mettait dans ses soins pour elle une expression si touchante, qu'il était impossible qu'elle ne lui donnât pas toute l'affection dont il se montrait avide.

A dater de cet instant, la mélancolie habituelle d'Emma fut remplacée par des joies enfantines, qui donnèrent à ses traits plus de charme, plus de vivacité, et bientôt aussi, à travers l'étourderie de son âge, on vit percer une douce sensibilité qui devint dans la suite l'essence de son caractère.

Ce fut d'abord envers tous ceux qu'elle vit souffrir, que la jeune Emma exerça cette précieuse qualité. Nous n'entrerons pas ici dans le détail de sa première enfance, nous dirons seulement qu'aussitôt que son intelligence eut acquis quelque développement, M. de Surville, qui possédait toutes les vertus d'un homme de bien, l'associa aux bonnes œuvres que, malgré son étroite position, il trouvait encore le secret de faire. L'accoutumant à plaindre le malheur, il lui apprit aussi à le soulager, en la conduisant lui-même dans la cabane du pauvre. C'était toujours en s'imposant quelque privation que le père et la fille goûtaient le bonheur de voir le sourire de l'infortune; mais ces privations étaient pour l'un et pour l'autre une source de jouissances si pures, qu'ils eussent voulu pouvoir les multiplier.

Ainsi l'éducation d'Emma fut commencée dès que ses idées commencèrent à naître. M. de Surville, en homme éclairé,

s'attacha aussi à la prémunir contre toutes
les faiblesses, tous les défauts que l'enfance contracte, et que trop souvent l'âge
viril conserve, faute de les avoir combat-
tus. Jamais sa fille n'était contrainte dans
la manifestation naïve de ses sentiments ;
mais par l'exemple et le raisonnement il
lui apprenait à les régler, et à ne s'exagé-
rer ni la peur, ni la peine, ni le plaisir.

L'utilité de chaque objet nouveau qui
frappait ses regards, lui était presque ton-
jours démontrée par des expériences faites
sous ses yeux, ou, à défaut, par des expli-
cations courtes et précises, que sa vive imagination saisissait avec une incroyable facilité, et qui se gravaient ensuite profondément dans sa mémoire.

Ce fut ainsi, que, dès l'âge de dix ans,
elle apprit le nom de chacune des plantes
que son père faisait cultiver dans les immenses jardins du château. Toujours attaché au souvenir de sa terre natale, M. de
Surville s'était procuré un grand nom-

bre de végétaux qu'il y avait vu croître, et il se faisait un grand plaisir de lui en expliquer les propriétés.

Il serait impossible de dire avec quel intérêt l'enfant écoutait ces leçons données en plein air, et auxquelles le bon nègre, qui y était toujours présent, faisait ordinairement succéder quelques détails piquants sur le pays où il était né, sur ceux qu'il avait parcourus, ou dont il avait eu occasion d'entendre parler.

M. de Surville, à la suite de ces leçons amusantes, et qu'il ne prolongeait qu'autant qu'Emma semblait y prendre plaisir, la ramenait toujours devant une carte géographique, et, lui apprenant à reconnaître les lieux dont on venait de l'entretenir, il lui racontait en peu de mots l'histoire des peuples qui les habitaient, et la préparait ainsi à de nouvelles lumières sur les choses dont il voulait enrichir son esprit.

Préludant par les mêmes moyens à son

instruction religieuse ; ce vertueux père,
qui puisait chaque jour dans l'exercice de
ses devoirs de piété les seules vraies consolations qui existent sur la terre pour l'infortune et la douleur, ne manquait jamais
de rapporter à la puissance divine toutes
les richesses de la nature qu'il lui faisait
admirer.

« Dieu qui nous a créés, ma chère Emma,
lui disait-il, a fait toutes ces choses pour
notre agrément et pour notre bonheur : son
ineffable bonté s'est occupée de nous jusque dans nos moindres besoins, et la créature qui ne sait pas tirer parti de ses immenses bienfaits, ou qui négligerait de l'en
remercier et de s'en rendre digne, mérite-
rait qu'il les lui retirât, et qu'il la privât
en même temps de l'intelligence dont il
l'a douée. »

C'est ainsi qu'Emma, apprenant à connaître le Créateur et ses œuvres sublimes,
apprenait en même temps à le servir et à

lui payer le tribut d'amour et de reconnaissance qui lui est dû pour tous les biens
dont il nous a comblés.

« Il te voit, il t'entend, il lit au fond
de ton cœur, lui disait souvent ce bon
père ; tâche que tes actions, tes paroles,
tes pensées, soient toujours dignes de lui
être offertes. »

On conçoit qu'une pareille éducation
dut faire faire de grands progrès à l'intelligence de la jeune élève ; aussi à douze
ans était-elle déjà un petit prodige de piété,
de raison, de douceur et de savoir. Con-
naissant l'usage des diverses productions
de la terre, et de presque tous les objets
nécessaires à la vie, elle y attachait un
prix fort différent de celui qu'y attachent
d'ordinaire les enfants de son âge. Habituée
à la prière, à la méditation et à l'étude,
elle en faisait ses plus chères délices, et
ne trouvait pas moins de plaisir dans les
exercices du corps, dont son père et Domi-

nique lui avaient fait un besoin dès ses plus jeunes ans.

Un chien, nommé Azor, que Dominique lui avait donné, contribuait aussi à développer ses forces physiques. Cet animal, provenant de la race des chiens de Terre-Neuve, l'accompagnait toujours dans ses promenades, et se montrait si docile à ses moindres ordres, et si intelligent pour les exécuter, qu'elle aimait à faire avec lui des courses lointaines dans la campagne, et oubliait la fatigue, pour ne songer qu'au plaisir qu'il lui procurait par son adresse et son obéissance.

De son côté, le bon nègre lui avait créé d'autres genres d'amusements : par ses soins elle était en possession d'un arc superbe et de belles flèches dont elle faisait usage pour jouter avec lui. Il lui avait aussi formé une jolie volière à laquelle elle donnait des soins fort assidus, et qui lui offrait chaque jour de nouveaux plaisirs.

Le dessin et la musique venaient utilement s'entremêler à toutes ces jouissances et y apporter une variété qui les rendait toujours plus précieuses. M. de Surville excellait dans ces deux talents, et il se faisait une grande joie de les transmettre à sa fille, qui, douée d'une voix aussi harmonieuse que sonore, s'accompagnait déjà avec goût des sons d'une guitare, et dessinait aussi très agréablement le paysage.

Les travaux à l'aiguille furent ceux dans lesquels elle fit d'abord le moins de progrès, parce qu'elle n'eut pour l'y diriger que la vieille concierge du château, qui était très loin d'y exceller elle-même; mais Emma, en grandissant, trouva tant d'attrait dans ce genre d'occupation, que bientôt elle s'y perfectionna, et ne fut plus inférieure sous ce rapport aux jeunes personnes de son âge.

Heureux des vertus et des progrès de sa fille chérie, comme du bonheur qu'il était

parvenu à lui procurer jusqu'alors, M. de
Surville s'efforçait pour elle de surmonter
la tristesse habituelle de son esprit, et ne
lui montrait jamais qu'un visage doux et
calme; mais, quelle que fût la satisfaction
intérieure qu'il éprouvait du succès de ses
soins, une inquiétude profonde, et qui
avait principalement Emma pour objet,
venait depuis quelque temps surtout se
mêler à ses joies paternelles.

La terre dont il était régisseur venait de
changer de propriétaire, et, malgré la scru-
puleuse probité dont il avait fait preuve,
diverses circonstances lui laissaient craindre de perdre cet emploi qui, par la modi-
cité de son revenu, ne lui avait pas permis
de se créer quelque ressource pour l'avenir.
Que deviendraient son Emma, son fidèle
Dominique et lui-même, si ses craintes se
réalisaient? Cette inquiétude était affreuse;
car M. de Surville, âgé alors de quarante-
deux ans, ne pouvait plus recommencer

une nouvelle carrière, et n'avait personne d'ailleurs qui pût la lui ouvrir et l'y protéger.

Néanmoins dix-huit mois se passèrent encore sans qu'il arrivât aucun changement notable dans la régie du domaine. Pendant cet intervalle de temps, Emma fit sa première communion, et dès lors la sensibilité de son ame, sa piété, sa douceur et sa raison s'accrurent à tel point que son père, tout entier au bonheur qu'elle lui procurait, oublia ses tristes prévisions. Mais cet état de calme ne pouvait durer. Ainsi qu'il l'avait craint d'abord, on lui annonça la perte de son emploi et l'arrivée prochaine de son remplaçant.

Il fallut se préparer à quitter des lieux où long-temps il avait pu espérer de terminer paisiblement ses jours. Où aller? que devenir? c'est là ce que l'infortuné père se demandait avec amertume. Son Emma, sa fille chérie, dont l'avenir l'occupait sans cesse, allait donc courir toutes les

chances hasardeuses de la vie, sans qu'il
eût aucun moyen de les lui rendre favo-
rables !

Un matin qu'il était absorbé dans ces
douloureuses réflexions, il reçut une lettre
qui lui causa la plus vive surprise : elle
était d'un parent avec lequel, dès son
arrivée en France, il avait établi une
correspondance assez régulière, mais qui
avait cessé de lui écrire depuis plusieurs
années, et dont, par conséquent, il n'avait
pu songer à réclamer l'appui. Ce parent,
établi près de Buénos-Ayres, lui annonçait
la mort de son fils unique, et l'invitait
à se rendre sans délai près de lui pour le
seconder dans les soins d'une riche habitation dont il comptait le rendre héritier.

M. de Surville n'était pas en position
de refuser de telles offres, aussi les regarda-
t-il comme un bienfait de la Providence;
mais à travers la joie qu'il en ressentit, il
ne put se défendre d'éprouver un sentiment
de terreur en songeant qu'il allait faire

courir à son Emma tous les dangers d'une longue et pénible traversée, et la transplanter dans une contrée lointaine, où peut-être après lui elle ne trouverait aucune relation analogue à ses goûts.

Forcé d'opter cependant entre ces craintes et l'espoir d'un riche héritage, il eut un moment l'idée de la laisser en France, et de revenir ensuite lorsque les bontés de son parent l'auraient mis à même d'y assurer l'établissement de cette fille si chère; mais Emma, en apprenant ce projet, qui devait la séparer pendant plusieurs années de l'auteur de ses jours, montra une douleur si vive, et le supplia avec tant d'instances de lui permettre de l'accompagner, qu'il n'eut pas la force de résister à ses pleurs.

Peu de jours suffirent pour se préparer au départ. M. de Surville, tout en éprouvant une secrète répugnance à entreprendre ce long voyage avec sa fille, sentait néanmoins qu'il ne pouvait pro-

longer son séjour au château après l'arrivée de son remplaçant, et cette arrivée
ayant eu lieu, il fallut s'éloigner.

Emma, le cœur gros de soupirs, demanda au moment du départ quelques
instants pour aller revoir encore une fois
ses oiseaux chéris, ses fleurs charmantes
qu'elle soignait avec tant de plaisir, et
ces beaux arbres qui, si souvent, lui
avaient servi d'ombrage....

« Adieu, adieu! dit-elle tout bas, en
regardant avec tristesse sa jolie volière;
pauvres petits, je ne vous verrai plus,
mais bien souvent je penserai à vous. »

Il restait à Emma un adieu bien plus
douloureux à faire. M. de Surville la
conduisit au tombeau de sa mère, qu'elle
avait coutume de visiter avec lui, et que
tous deux voulaient revoir encore. Là,
dans un profond recueillement, l'intéressante enfant pria et versa long-temps des
pleurs; mais s'apercevant de la violente
émotion qu'éprouvait son malheureux

père, elle s'écria en se jetant dans ses bras :

« Cher papa! nous ne laissons ici que sa cendre; son ame est au ciel; quelque part que nous soyons, ne pourrons-nous pas unir nos prières aux siennes devant ce Dieu si bon que vous m'avez appris à connaître, et qui ne l'a rappelée dans son sein que pour la rendre heureuse?

— Aimable enfant! dit M. de Surville la pressant sur son cœur.

— Mon bon père! du courage; vous seul restez à votre pauvre Emma! »

Et en même temps elle l'entraîne loin du monument funèbre, non sans s'être retournée plusieurs fois pour le regarder encore.

Dominique les attendait à quelques pas du cimetière avec une chaise de poste, sur laquelle était déjà monté e fidèle Azor, qui était du voyage. Emma, le cœur oppressé, regarda le bon nègre, embrassa de nouveau son père, et monta avec lui

dans la voiture qui prit aussitôt le chemin
de Brest, où le parent qu'ils allaient
joindre avait un correspondant qui devait
leur assurer leur passage à bord du meilleur navire qui ferait route vers l'Amé-
rique méridionale.

CHAPITRE II.

L'espoir du bonheur ici-bas est une
chimère : il n'y a que dans l'attente
des tribulations et des souffrances que
l'homme n'est pas déçu.

Plus de deux mois se passèrent avant
que le négociant chez lequel ils étaient
descendus pût leur trouver un moyen de
transport convenable; mais les soins dont
sa famille et lui se plurent à les combler
durant cet espace de temps, leur firent
aisément supporter le retard qu'ils éprou-
vaient.

Emma surtout se trouvait parfaitement
à l'aise au milieu de cette famille hospita-
lière; car deux jeunes personnes charmantes en faisaient partie, et, pour la première fois, l'aimable enfant goûtait le charme de ces entretiens prolongés, si pleins

2.

de grâce et d'enjouement, auxquels l'heureuse jeunesse aime à se livrer, et dont la contrainte est toujours bannie, parce que l'innocence y préside.

Eugénie et Cécile, ainsi se nommaient les deux jeunes filles de l'honnête négociant, ne se lassaient pas de faire répéter à Emma le détail de sa vie solitaire dans le domaine qu'elle avait habité; elle parlait avec une expression si touchante de ses oiseaux, de ses plantes, de ses fleurs, de ses visites instructives dans les diverses fabriques des environs où son père l'avait souvent conduite, et surtout de ses courses lointaines avec Azor qui ne la quittait pas, et dont elle aimait tant à vanter l'affection et l'intelligence!

A leur tour, Eugénie et Cécile, qui avaient été quelquefois dans le monde, se plaisaient à lui raconter les agréments qu'elles y avaient trouvés, et les petits succès qu'elles y avaient obtenus. Ainsi déjà un peu d'orgueil se mêlait à leur simplicité, et Emma ne les comprenait pas toujours ; mais ce défaut que la jeunesse contracte si facilement au milieu de la société qui l'encense, était racheté, chez ses deux nouvelles amies, par un si bon naturel, qu'il était impossible qu'une enfant si naïve et si tendre ne s'attachât pas sincèrement à elles, et ne trouvât pas un plaisir extrême à les écouter.

Hélas! ce plaisir si nouveau devait être pour elle comme ces courts rayons du soleil, perçant quelquefois la nue au moment où l'ouragan furieux va bouleverser la nature : bientôt peut-être elle ne se rappellera ces instants de bonheur que pour les regretter avec plus d'amertume ; car le bien dont on a joui fait mieux sentir encore le mal qui lui succède.

Déjà la pauvre petite s'est éloignée du tombeau de sa mère et des champs paisibles qui l'ont vu naître. Maintenant il lui faut quitter ces jeunes filles aimables dont la société lui plaît tant et pour lesquelles elle éprouve une tendre amitié; toutefois elle renfermera ses regrets; car avant tout elle aime son père et veut partager son sort, quel qu'il soit.

Enfin on obtient le passage sur un vaisseau envoyé par le gouvernement dans la rivière de la Plata; toutes les conventions sont faites, et l'on n'attend plus qu'un vent favorable pour mettre à la voile. Toujours poursuivi par de tristes pressentiments, M. de Surville essaya encore, au moment du départ, de déterminer sa fille à rester en France; mais les raisons qu'elle lui donna pour ne point le quitter peignaient si bien la tendresse qu'elle ressentait pour lui, qu'il n'eut pas le courage de prendre une résolution contraire à ses vœux. Comment en effet se fût-il décidé à l'affliger par une séparation que lui-même ne pouvait envisager sans frémir? Le départ fut donc résolu.

Conduite jusqu'au bâtiment par ses jeunes amies, Emma eut la force de cacher

ses larmes : c'était à regret qu'elle quittait
la France ; mais elle croyait accomplir un
devoir d'amour filial, et quoiqu'elle fût
à peine âgée de quatorze ans, elle sut le
remplir avec toute la générosité d'une
ame noble et courageuse. Ce ne fut qu'au
moment où elle perdit entièrement de vue
les deux jeunes filles que le cœur lui manqua ; un coup-d'œil rapide jeté sur la figure altérée de son père lui rendit aussitôt
toute son énergie.

« Cher papa, lui dit-elle en étouffant ses
soupirs, ce n'est plus de ce côté que nous
devons regarder, c'est à Buenos-Ayres que
sont nos espérances.

— Oui, bon maître, interrompit Dominique qui était assis près d'eux sur le pont ;
oui, jeune maîtresse bien dire, vous plus
penser à chagrin, bonheur être là-bas ;
oncle à vous bien content de voir nièce
si bonne ; vous heureux, Dominique aussi. »

M. de Surville soupira profondément ;
car mille idées lugubres le tourmentaient

encore; il ne pouvait voir sans frémir son
Emma exposée à tous les dangers de ce
long voyage, que sans elle il eût si peu
redouté.

Par une sorte de fatalité, le ciel, au
moment du départ, s'était couvert de
sombres nuages qui ajoutaient encore à la
tristesse du malheureux père. Honteux
cependant de montrer devant sa fille un
abattement qui pouvait diminuer le courage dont elle paraissait s'être armée, il
s'efforça de détourner son attention en lui
faisant parcourir le bâtiment qui les portait, et qui fut pour elle un vif objet de
curiosité.

A dater de ce jour, il eut soin aussi
de former pour Emma un nouveau plan
d'étude, qui devait lui sauver l'ennui de
la longue traversée qu'ils avaient à faire.
Sa guitare avec une ample provision de
cordes et de morceaux de musique étaient
au nombre des bagages. Elle était aussi en
possession de tous les objets nécessaires au

dessin, d'un bon nombre de livres, et de divers petits ouvrages à l'aiguille qui devaient lui être d'une grande ressource pour remplir les instants qu'elle ne donnerait pas à son instruction.

On conçoit qu'avec tant de moyens de distraction, Emma, dont la raison était beaucoup plus développée qu'elle ne l'est ordinairement chez les enfants de son âge, ne tarda pas à s'accoutumer au nouveau genre de vie qu'il lui fallut adopter sur le vaisseau. Son esprit observateur finit même par lui faire trouver quelques agréments dans cette vie monotone : rien ne l'amusait tant, par exemple, que d'examiner la promptitude et la dextérité avec laquelle les matelots exécutaient les manœuvres qui leur étaient commandées ; mais souvent aussi elle réfléchissait à l'obéissance passive exigée de ces hommes, et elle ne pouvait s'empêcher de plaindre leur sort.

Un matin qu'elle était montée sur le pont, avec son père et Dominique, pour

y jouir de quelques rayons de soleil, qui
en ce moment éclairait l'horizon, ses regards se portèrent sur un objet qui la
frappa d'une vive émotion. C'était un
prisonnier que l'on venait d'amener du
fond du bâtiment, pour lui faire prendre
l'air. Il était attaché par le milieu du
corps à un des mâts; sa tête nue était pen-
chée sur sa poitrine; ses yeux ternes, ses
membres immobiles, tout annonçait en lui
une profonde tristesse.

« Cet homme souffre! s'écrie Emma en
saisissant le bras de son père; pourquoi
l'a-t-on attaché ainsi? Venez, cher papa,
venez lui ôter cette vilaine corde qui doit
lui faire un mal horrible....

— C'est malheureusement un droit que
nous ne pouvons nous arroger, ma chère
Emma, lui répondit M. de Surville; cet
homme s'est apparemment rendu coupable
de quelque faute grave qui lui a mérité
cette punition; il n'y a que le capitaine
du vaisseau qui puisse l'en affranchir. »

A son tour, la pauvre Emma penche la tête; jamais un sentiment si pénible n'avait agité son ame.

Bientôt cependant elle reprit courage; le capitaine venait de paraître sur le pont; il était porteur d'une physionomie pleine de bonté, et plus d'une fois Emma avait eu occasion de remarquer son obligeance envers M. de Surville et elle-même. S'approchant donc de lui avec confiance, elle lui témoigne le vif intérêt qu'elle éprouve pour le prisonnier, et le supplie de lui accorder sa grâce. D'abord le capitaine résiste, en lui objectant que celui dont elle implore le pardon est l'une des plus mauvaises têtes de l'équipage; mais elle insiste d'une manière si touchante, ses accents peignent si bien la sensibilité de son cœur et le chagrin que lui causerait un refus, que le brave marin, attendri, finit par céder à ses instances, et détache lui-même la corde du prisonnier qui, croyant à peine à son bonheur, tombe à leurs pieds, en balbutiant quelques mots étouffés par ses sanglots.

Emma, non moins émue, non moins heureuse que lui, ne sait comment exprimer
sa reconnaissance au bon capitaine; mais
les larmes de joie qu'elle répand, disent
plus éloquemment que des paroles ne
pourraient le faire tous les sentiments dont
elle est pénétrée.

Quelles expressions pourraient rendre
aussi ceux qu'éprouve M. de Surville en
ce moment si doux pour son Emma! Fier
des qualités qui brillent en elle, il la
presse tendrement sur son cœur et lui dit
tout bas : « Chère enfant, tu viens de rendre ton père bien heureux! »

Pauvre père! hélas! bientôt..... Mais
n'anticipons pas sur l'affreux événement
que nous avons à décrire; car il est doux
de reposer sa pensée sur ces scènes de bonheur si rares et si fugitives dans la vie de
l'homme.

Celle qui venait de se passer avait pro-
duit une vive impression sur tout l'équi-

page, et particulièrement sur les passagers
qui se trouvaient à bord. Parmi ces derniers était une femme d'environ vingt-cinq
ans, nommée madame Duval, paraissant
fort bien élevée et ayant avec elle une petite
fille âgée de cinq ans, qui alla, comme par
instinct, se jeter dans les bras d'Emma au
moment où celle-ci sortait de ceux de son
père.

« Ma fille m'a prévenue, mademoiselle,
dit alors la dame de l'air le plus gracieux ;
elle s'est arrogé une permission que j'allais
demander pour moi-même ; car je voulais
vous témoigner toute la part que je prends
à la satisfaction que vous éprouvez de
votre bonne action. »

Emma répondit avec autant de grâce
que de modestie à ce compliment, et M. de
Surville n'ayant pas tardé à reconnaître
tout l'avantage que sa fille pouvait tirer
de la société de cette dame, lui permit
dès lors de passer auprès d'elle tous les

instants qu'elle ne donnait pas avec lui à
l'étude.

Au milieu des jouissances qu'Emma savait se créer par son heureux caractère et
son goût pour l'observation et le travail,
elle prenait aussi un grand plaisir à voir
briller les talents de son fidèle Azor, qui
s'était fait sur le vaisseau une grande ré-
putation par sa rare intelligence et son
extrême adresse à aller chercher à la mer
tous les objets qu'on y jetait pour l'exercer. Les matelots le regardaient comme
un excellent nageur, et c'était à qui lui
ferait fête. Celui d'entre eux qu'Emma
avait délivré montrait surtout à cet animal une affection particulière; car il n'a-
vait pas d'autre moyen de témoigner sa
reconnaissance à sa jeune libératrice.

S'associant à toutes les joies de son Emma,
M. de Surville était presque entièrement
rassuré sur les dangers qu'il avait redoutés
pour elle. Cette enfant n'avait éprouvé,

en effet, aucune des incommodités ordinaires à ceux qui n'ont pas l'habitude d'aller sur mer, et elle semblait même avoir trouvé à bord un accroissement de forces et de santé qui enchantait son père. Avec quelle douce satisfaction il songeait alors à son arrivée chez son parent!

« Il ne pourra la voir sans l'aimer, se disait-il tout bas, avec cet orgueil paternel auquel aucun autre orgueil ne ressemble; qui pourrait regarder cet ange de douceur et d'innocence, sans être disposé à lui donner toute son affection? Oh! oui, mon Emma sera chérie, je ne redouterai plus pour elle l'indigence! » Et en même temps de douces larmes humectaient les yeux de ce tendre père.

Mais, hélas! ces espérances de bonheur, auxquelles il se livrait avec tant d'abandon, furent bientôt remplacées par des craintes mille fois plus terribles que toutes celles qui l'avaient d'abord assailli. Après deux mois de la plus heureuse navigation, le ciel tout-à-coup se couvrit de sinistres nuages ; une brume épaisse, qui dura plus de huit jours, fut remplacée par un ouragan furieux qui jeta tout l'équipage dans la consternation.

Pour comble de malheur, le capitaine, qui jusque là avait montré autant d'habileté que de sang-froid, fut pris subitement d'une maladie grave qui le mit hors d'état de commander les manœuvres. Le désordre fut alors à son comble : chacun, occupé de son propre danger, oubliait l'utilité générale pour se livrer à des terreurs qui lui ôtaient le jugement et les forces.

Battu par la tempête, égaré dans sa route, le bâtiment, déjà vieux, rencontra divers brisants qui lui causèrent les plus grands dommages : la cale était inondée. Il eût fallu des bras vigoureux pour le service des pompes ; mais l'équipage découragé était sourd aux ordres du lieutenant qui s'efforçait de ranimer son zèle.

« Que feront les pompes et tous les soins que vous voulez prendre? lui disaient les matelots, ne voyez-vous pas que notre perte est certaine? » Et alors des cris de désespoir se mêlaient au bruit des vents déchaînés et des vagues en furie.

Déjà deux hommes et plusieurs embarcations avaient été lancés et engloutis dans la mer par les lames d'eau, qui, s'élevant comme des montagnes menaçantes, se précipitaient sur le vaisseau avec une impétuosité qu'aucune force humaine ne pouvait combattre : ferrements, voiles, cordages, tout cédait à la violence de l'ouragan.

Trois jours et autant de nuits s'étaient écoulés dans cette agonie affreuse, et la tempête, loin de diminuer, ne faisait qu'augmenter de moment en moment. Le matin du troisième jour l'ordre fut donné de jeter les canons et toute la cargaison à la mer, comme le seul moyen d'alléger le vaisseau, et de rendre plus faciles les manœuvres que l'on essayait encore de faire pour éviter les écueils que le retour de la lumière permettait d'apercevoir.

Cet ordre fut exécuté, et les passagers eurent la douleur de se voir enlever en quelques minutes tout ce qu'ils possédaient ; mais cette douleur qu'était-elle à côté du péril qui menaçait leurs jours !

Tout-à-coup, cependant, une faible espérance vint ranimer leur courage abattu : un des marins cria *terre !* et ce mot, qui leur annonçait la possibilité de leur délivrance, leur rendit la force de lutter encore contre la mort qui les environnait de toutes parts.

M. de Surville, qui depuis plusieurs jours n'avait abandonné le service des pompes que pour venir de temps en temps embrasser son Emma, s'était empressé d'aller lui porter cette bonne nouvelle, et l'avait quittée ensuite pour aller rejoin-

dre dans la cale le lieutenant, Dominique
et un autre passager qui y étaient descendus pour boucher les voies d'eau.

Plus tranquille alors, la pauvre enfant,
abîmée de fatigue, se coucha tout habillée
à côté de ses deux compagnes d'infortune
qui ne l'avaient pas quittée un seul instant. Mais à peine est-elle assoupie, qu'elle
se sent saisir par des bras vigoureux; elle
pousse un cri d'effroi qui se perd au milieu
du fracas de la tempête.

« Ne craignez rien, lui dit celui qui
l'emporte, et qu'elle reconnaît pour le
matelot dont elle a précédemment obtenu
la grâce, mes camarades se sont emparés
de la seule chaloupe qui reste à bord,
le vaisseau va sombrer tout à l'heure,
mais la terre n'est pas loin, et je veux
vous sauver. »

A ces mots madame Duval prend
son enfant dans ses bras et se précipite
sur les pas de cet homme; Azor les
suit.

« Mon père! mon père! crie Emma de toutes ses forces.

Hélas! ce malheureux père ne peut l'entendre; occupé avec Dominique à calfater le vaisseau, il est loin de soupçonner l'affreuse douleur qu'un zèle mal entendu lui prépare.

Cependant la chaloupe encombrée vogue au milieu des eaux qui menacent à chaque instant de la submerger. Emma continue d'une voix lamentable à demander son père; car elle ne voit près d'elle que la dame avec son enfant et les matelots qui se sont emparés de la chaloupe.

Debout au milieu du frêle esquif, l'infortunée cherche à travers les éclats de la foudre et des éclairs qui sillonnent la nue, le vaisseau qui emporte ce qu'elle a de plus cher.

« Couchez-vous! » lui crient les marins avec rudesse.

En ce moment une vague furieuse fondait sur la chaloupe. Emma, soulevée par elle, tombe à la mer; son chien se jette après elle. Vainement les matelots cherchent à la sauver; entraînés loin d'elle par l'impétuosité des ondes, bientôt ils la perdent de vue. C'en est fait, elle va périr; mais le fidèle animal qui l'a suivie multiplie ses efforts; il la saisit par ses vêtements, la ramène à la surface des eaux, et nage courageusement du côté de la terre dont ils sont peu éloignés; le flot les y porte, Emma est sauvée! Mais, ô ciel! que va-t-elle devenir sur cette plage déserte, qui n'offre de toutes parts à son œil épouvanté que la désolation et la mort?

CHAPITRE III.

Le passage subit de l'excès du malheur
à un état supportable nous rend moins
exigeants dans nos besoins : on sait se
contenter de peu quand on a été privé de
tout.

Étendue sur le sable, respirant à peine,
la malheureuse enfant y resta d'abord
comme anéantie; bientôt cependant les
caresses de son compagnon la raniment :
touchée de son affection, elle se relève et
jette sur la vaste étendue des eaux un
regard mêlé de terreur et d'espérance....
Hélas! elle ne voit rien : vaisseau et chaloupe, tout a disparu; Emma est seule,
seule au milieu du désert! D'un côté l'a-
bîme, de l'autre une chaîne immense de
noirs rochers s'étendant à perte de vue le
long du rivage.

« Oh! mon Dieu, que vais-je devenir?
s'écrie-t-elle; mon père! mon bon père!
cher Dominique! ne vous verrai-je donc
plus! Suis-je condamnée à mourir ici, loin
de vous, privée de toute assistance! »

Emma pleurait à chaudes larmes; son
chien la regardait avec tristesse. « Je n'ai
plus que toi, lui dit-elle, cher Azor! Ah!
ne m'abandonne pas; car alors je serais
seule au monde.

Saisie par un violent frisson, l'infortunée
n'ayant aucun moyen de faire sécher les
hardes qui la couvraient, se mit à marcher
du côté des rochers afin de ranimer ses
membres engourdis, et de trouver en même
temps un abri contre la violence du vent
qui la faisait horriblement souffrir. Mais
ce trajet, quelque court qu'il fût, était encore au-dessus de ses forces: ne pouvant
plus se soutenir, elle tomba au pied du
roc qu'elle venait d'atteindre. Une soif
ardente la dévorait. Hélas! je n'ai pas même
un peu d'eau! dit-elle en joignant les

mains avec angoisse, et en élevant au
ciel des regards désespérés.

En ce moment le bruit d'un ruisseau
qui coulait à travers le rocher se fit entendre à quelques pas de l'endroit où Emma
était assise; se relevant alors, elle s'approcha du lieu d'où ce bruit lui semblait
partir. Un ruisseau limpide sortait en effet
des cavités du roc, et déjà Azor s'y dé-
saltérait; elle l'imita en puisant de l'eau
dans ses mains, et se sentit soulagée; car
une lueur d'espérance était rentrée dans
son cœur. Ce secours inattendu lui sembla une preuve certaine que Dieu ne l'a-
vait pas abandonnée.

La profonde douleur qu'elle ressentait
de la perte de son père et de celle de Dominique, son isolement sur cette plage
déserte, ne lui avaient pas encore permis
de songer à remercier le ciel de sa délivrance presque miraculeuse; mais la rencontre du ruisseau au moment où elle
souffrait le tourment de la soif la ramena

au sentiment de reconnaissance qu'elle devait à la main puissante qui l'avait secourue.

« Seigneur, vous avez permis que je fusse sauvée, dit-elle à haute voix en tombant à genoux; vous m'avez donné à boire au milieu du désert; vous voulez que je vive; mais daignez aussi sauver mon père et Dominique; permettez qu'ils ne soient pas à jamais perdus pour la pauvre Emma! »

Après cette prière, elle se sentit plus forte; car quels que soient les maux qui nous accablent, ce n'est jamais en vain que notre ame s'élève vers la Divinité pour lui demander son assistance; et la vertueuse enfant qui l'implorait avec tant de confiance méritait bien d'être exaucée.

Bientôt le terrible Océan, qui avait failli l'engloutir, se calma, et les nuages amoncelés par la tempête se dissipèrent au loin pour lui laisser voir le ciel dans tout son éclat. Ranimée par les rayons du soleil, et voulant s'assurer si elle n'aper-

cevrait point encore le vaisseau qui portait son malheureux père, elle résolut de
gravir le rocher qui lui avait servi d'abri
contre la violence du vent. Cette masse
énorme s'élevait en talus, et présentait en
plusieurs endroits des saillies formant
comme des espèces d'échelons qui per-
mettaient d'arriver à son sommet : c'était
sans doute pour Emma un effort bien pénible ; mais elle comprenait la nécessité
de déployer dans cette circonstance tout
le courage dont le ciel l'avait douée, et,
malgré l'extrême fatigue qu'elle éprouvait,
elle parvint avec assez de facilité jusqu'au
milieu de sa route périlleuse.

Là se trouvait une espèce de plate-
forme, entourée de cavités nombreuses,
d'où sortirent tout-à-coup une quantité
de pigeons sauvages et d'autres oiseaux
qui s'envolèrent sur les hauteurs voi-
sines, étonnés sans doute de voir troubler pour la première fois leur paisible
retraite. Azor, qui avait suivi sa maî-

tresse, se sentant pressé par la faim, ne
fit pas difficulté de manger les petits que
ces oiseaux timides abandonnaient à sa
voracité. Emma soupira en le voyant ainsi
dévorer ces pauvres petits animaux que
leurs mères viendraient chercher en vain;
mais elle-même dut vaincre sa répugnance
pour satisfaire la faim qui la pressait aussi.
Ayant cherché des œufs, elle en avala quelques-uns, et, se sentant plus forte après
ce repas, elle se remit à gravir le rocher
avec un nouveau courage, et parvint enfin
à son sommet, non sans avoir remercié
Dieu de la nourriture qu'il lui avait fait
trouver dans ce lieu sauvage.

Cependant, le sentiment de gratitude
dont elle était pénétrée envers la Providence céda bientôt à un nouvel accès de
désespoir, lorsqu'ayant jeté les yeux sur
la vaste étendue des ondes qui, en cet instant, réfléchissait les brillants rayons du
soleil, elle n'y vit rien qui pût soutenir
ses espérances. Épouvantée de sa solitude

3.

et de l'aridité que présentaient les bords
de la mer, la pauvre petite se mit à san-
glotter; mais ayant ensuite tourné par
hasard les yeux de l'autre côté, elle resta
comme pétrifiée d'étonnement à la vue
d'une immense vallée que les rochers environnaient de toutes parts, et qui présentait à l'œil ravi toutes les richesses naturelles d'un sol riant et fertile.

« Oh, mon Dieu! et j'osais me plaindre!
s'écria Emma en voyant cette espèce de
paradis terrestre. A la vérité on n'apercevait dans ce lieu aucun signe d'habitation
humaine; mais, en le comparant avec le
triste aspect du rivage où elle avait été
jetée, il était impossible qu'elle ne bénît
pas la Providence de le lui avoir fait découvrir, et que cette découverte même ne
fût pas pour elle une raison d'espérer que
le ciel ne la délaisserait pas au milieu de
la vie solitaire à laquelle il la condam-
nait. Aisément nos espérances se fortifient
du bien qui nous arrive; et Emma, malgré

l'amère douleur qui oppressait son ame, osa croire, dès cet instant, qu'elle était réservée au bonheur de retrouver son père.

« Cher papa, dit-elle, avec une profonde émotion, comme si cet infortuné père eût pu l'entendre, je mériterai par ma résignation et mes prières que Dieu vous rende à ma tendresse : il a sauvé votre Emma, il ne vous aura pas laissé périr; car il sait bien qu'elle ne peut vivre sans l'espoir de vous embrasser encore. »

Cet espoir si doux lui ayant rendu quelque courage, elle descendit le revers du rocher en s'accrochant aux plantes qui le garnissaient, et se trouva enfin dans la charmante vallée qui avait frappé ses regards.

Le soleil était alors près de son déclin; mais son ardeur était encore extrême, et n'avait pas peu contribué à fatiguer Emma dans la montée et la descente du rocher. Son premier besoin fut donc de s'asseoir et de respirer quelques instants, car elle était excédée de chaleur et de lassitude ; mais la faim qu'elle éprouva bientôt, malgré les œufs qu'elle avait mangés, ne lui permit pas de rester long-temps en place.

S'étant levée, elle marcha le long du rocher près duquel serpentait un ruisseau limpide, et où se trouvait une grande variété d'arbres de toutes dimensions. Parmi eux était un dattier, dont la tige s'élevait majestueusement en colonne cylindrique à une hauteur de trente pieds environ (1). Emma avait lu, avec son père, la description de ce bel arbre, et en avait même vu un dans les derniers temps de son séjour en France; elle savait que non-seulement ses fruits sont employés à la nourriture de l'homme dans les pays où le dattier est l'objet d'une grande culture, mais que les autres parties de cet admirable végétal servent à différents usages

_____

(1) Le dattier peut s'élever jusqu'à 60 pieds.

économiques. Les belles grappes chargées
de fruits qu'elle aperçut au sommet lui
donnèrent un grand désir d'y atteindre;
mais quoiqu'elle fût naturellement très-
agile, et qu'elle se fût souvent exercée
avec Dominique à monter aux arbres,
l'extrême faiblesse qu'elle éprouvait, par
le défaut de nourriture et les fatigues
qu'elle avait supportées, ne lui permit pas
de le tenter.

Cependant la vue de ces fruits, qui
eussent été pour elle une si précieuse ressource, semblait redoubler le tourment
qu'elle ressentait : elle ne pouvait les
regarder sans verser des larmes amères;
c'était pour elle le supplice de Tantale.
Mais tout-à-coup, la nécessité, que l'on
appelle à juste titre mère de l'industrie,
lui suggéra un moyen auquel elle n'avait
pas songé d'abord, et qu'elle se hâta de
mettre à exécution. Ayant cueilli des
joncs au bord du ruisseau, elle en fit une
longue natte en forme de corde, monta

sur le rocher contre lequel se penchaient
plusieurs grappes du dattier, et parvint
après divers essais à en amener une vers
elle, et à cueillir dans son tablier une
partie des fruits qu'elle contenait.

Étant redescendue ensuite, elle s'empressa de donner une part de son trésor
à son fidèle compagnon d'infortune, qui,
pressé comme elle par la faim, s'accom-
moda parfaitement de cette nourriture, et
lui en témoigna sa reconnaissance par des
caresses. A la vérité, les dattes récoltées
par Emma n'avaient pas la saveur que ces
mêmes fruits acquièrent par la culture;
mais, soit que l'appétit qui la dévorait la
rendît peu difficile, où que les dattiers de
cette contrée, quoique dans l'état sauvage, fussent d'une espèce particulière,
elle trouva ces fruits délicieux, et s'en
étant rassasiée, elle en mit une partie en
réserve pour son déjeuner du lendemain,
et pour celui de son cher Azor.

Cependant cette récolte lui avait pris

un temps considérable; le soleil avait presque entièrement disparu, et il fallait se presser de chercher un abri pour la nuit qui allait suivre. Malgré tout le courage dont jusqu'alors elle avait fait preuve, la pauvre petite ne put songer, sans frémir, à l'obscurité qui bientôt l'environnerait dans cette immense solitude, où les bêtes féroces, dont on lui avait quelquefois parlé, pouvaient faire leur demeure. Ses pleurs coulèrent de nouveau à cette effrayante idée; mais bientôt une pensée consolante vint ranimer son courage; elle éleva au ciel son regard suppliant, et, se confiant dans la protection divine, elle se mit à chercher aux alentours un lieu couvert qui pût lui servir d'asile.

S'étant un peu avancée dans la vallée, elle vit à quelque distance un arbre dont le tronc n'excédant point une quinzaine de pieds de hauteur, en avait au moins quarante de circonférence. C'était le

3..

baobab (1). Il se couronnait par un
énorme faisceau de branches d'une longueur prodigieuse, et dont chacune pouvait être considérée comme un arbre d'une
proportion remarquable. Les plus exté-
rieures de ces branches s'inclinaient presque jusqu'à terre, en sorte que l'arbre
tout entier semblait former un vaste dôme
de verdure.

Emma, ravie de trouver un abri si
commode, fut d'abord indécise si elle
établirait son lit sous l'arbre, ou si elle
monterait sur une des branches qui se
trouvaient à sa portée ; mais ayant fait le
tour de cet arbre extraordinaire, elle fut
agréablement surprise d'y trouver une

---

(1) Cet arbre, le plus gros des végétaux
connus, est originaire d'Afrique ; on le rencontre aussi dans plusieurs parties du Nouveau-
Monde. Son tronc peut acquérir un développement de 90 pieds de circonférence ; il paraît
vivre plusieurs milliers d'années.

cavité assez profonde pour qu'elle pût s'y
étendre, et, songeant alors que son chien
la garderait au dehors, elle se mit à ra-
masser des feuilles sèches, dont il se trouvait une grande quantité aux environs, et
parvint ainsi à se former un très bon lit,
où elle eût pu goûter toutes les douceurs
du sommeil si elle n'eût point eu à déplorer sa cruelle séparation d'avec un père
tendrement chéri, et l'affreux isolement
qui en était la suite.

O vous, qui lisez l'histoire de la pauvre
Emma, et qui jouissez au sein de vos
familles de toutes les affections qui font
le charme de la vie, et d'une abondance
qui peut-être ne vous a coûté aucun soin!
pourriez-vous n'être pas touchées du sort
de cette jeune infortunée, naguère aimée,
naguère heureuse comme vous, aujour-
d'hui si seule, si misérable au milieu du
désert, où aucune main amie ne viendra
sécher ses pleurs; où ses besoins de chaque
jour seront achetés par un travail pénible;

où enfin la douleur et la maladie pourront
l'accabler, sans qu'aucun soulagement,
aucune consolation vienne adoucir ses
maux? Voyez-la dans le creux de son
arbre, pleurant, gémissant sur le sort de
son père, sur celui du bon Noir qui l'aimait
tant, et qu'elle aimait tant aussi : hélas!
ses larmes sont bien amères; et pourtant
personne ne lui dira de long-temps, peut-
être, ne pleure plus! Aujourd'hui, demain, aucune voix humaine ne résonnera
à son oreille. Pauvre enfant! ah! dors, s'il
se peut, et que du moins tu retrouves en
songe les objets de ta tendre affection!

Elle dormit en effet; car, lassée de gémir, il lui fallut bien céder à l'abattement,
à l'extrême lassitude de tout son être ; mais
quel affreux réveil fut le sien, lorsque, ou-
vrant le lendemain les yeux à la clarté du
jour, elle se retrouva dans le creux de son
arbre, et qu'elle se retraça les malheurs qui
l'avaient frappée la veille! Ce souvenir
se présenta d'abord confusément à son

imagination ; mais bientôt elle se rappela
le douloureux embrassement de son père,
le vaisseau d'où elle avait été arrachée,
ces vagues menaçantes qui avaient failli
cent fois l'engloutir ; elle se souvint aussi
des matelots, de ses deux compagnes
d'infortune dans la chaloupe ; il lui semblait voir encore la pauvre mère éperdue,
serrant avec effroi son enfant dans ses
bras, et pour elles aussi Emma eût des
larmes ; car son propre malheur ne l'em-
pêchait pas de compâtir à celui des
autres.

L'inutilité de ses recherches de la veille
ne lui laissait aucune espérance que le
vaisseau ou la chaloupe, malgré leur proxi-
mité des côtes, eussent pu aborder dans
l'île où les efforts de son chien étaient parvenus à l'amener elle-même ; mais elle
pensa que son père, si le ciel avait daigné le sauver aussi, viendrait peut-être la
chercher dans les lieux où il supposerait
qu'elle avait pu être jetée, et elle forma

dès lors le projet de placer du côté du
rivage quelque signe qui pût l'avertir
qu'elle existait encore. S'étant levée aussitôt pour faire sa prière, elle partagea ensuite avec Azor les dattes qui lui restaient,
puis se décida à mettre sur-le-champ son
projet à exécution.

D'après l'inventaire exact des poches
qu'elle avait coutume de porter sur elle
depuis son départ de France, elle était en
possession d'un canif, d'un couteau, d'une
paire de ciseaux, d'un dé à coudre, d'un
étui plein d'aiguilles, et d'un petit trous-
seau de clefs. Tous ces objets, sauf le
dernier, étaient autant de trésors qu'elle
se promit bien de mettre à profit et de
ménager en même temps avec un soin extrême.

Ayant coupé aussitôt quelques-uns de
ses longs cheveux, elle s'en servit pour
tracer son nom sur un fichu qui lui cou-
vrait le col, et, s'étant ensuite munie
d'une branche d'arbre, elle l'y attacha

aussi solidement qu'il lui fut possible, avec de longs filaments que lui fournirent diverses plantes qu'elle rencontra dans la vallée. Elle gravit ensuite le rocher qui la séparait du rivage, et le redescendit jusqu'à mi-côte pour y placer son drapeau.

Ce dernier travail lui coûta beaucoup de peine; car n'ayant aucun instrument qui pût l'aider dans son opération, il lui fallut chercher assez long-temps avant que de trouver un endroit propre à recevoir sa perche et à l'y fixer solidement. Y étant parvenue néanmoins, et la fraîcheur de la matinée lui permettant de faire une excursion sur le rivage, elle y descendit avec Azor, espérant y rencontrer quelques coquillages qui serviraient à les nourrir tous deux.

Elle trouva en effet une grande quantité d'huîtres d'un excellent goût; mais la vue de cet Océan terrible qui lui avait enlevé le meilleur des pères, le bruit régulier

des vagues, qui seul venait troubler son
affreuse solitude, portèrent bientôt dans
l'ame de la pauvre enfant un redoublement de tristesse, qui lui ôta presque le
courage de manger. La vallée, quelque silencieuse qu'elle fût, ne lui inspirait pas
des idées si lugubres; elle y entendait le
chant des oiseaux, elle s'y voyait entourée
d'une riche végétation qui semblait lui
promettre, sinon l'abondance, du moins
quelques-unes des premières nécessités de
la vie : c'était une nature agreste, mais
riante et variée, où les bienfaits du Créateur se montraient à chaque pas. Emma
s'y sentait moins seule, moins malheureuse qu'au bord de la mer.

Voulant néanmoins connaître un peu
cette plage déserte où son affreuse destinée
la condamnerait sans doute à venir chercher quelquefois sa nourriture, elle la
suivit l'espace d'un demi quart d'heure
environ, sans que rien de nouveau frappât ses regards attristés. Tout-à-coup,

elle crut voir à une assez grande distance un objet immobile, dont la cou-
leur grisâtre contrastait avec la blancheur
du sable. Pensant que c'était peut-être
quelque bête malfaisante endormie sur le
rivage, la craintive enfant fut d'abord
tentée de s'enfuir vers l'endroit du rocher,
par où elle était venue de la vallée; mais
ayant réfléchi que ce pouvait être aussi
bien quelque objet provenant du vaisseau,
dont elle se rappelait avoir vu la veille,
au point du jour, jeter toute la cargaison
à la mer, et se fiant d'ailleurs au courage et à la force de son chien pour la
défendre, elle se décida à avancer, et
reconnut bientôt que ce qui l'avait
effrayée n'était autre chose qu'un tonneau
d'une assez petite dimension que le flux
avait apporté sur la côte, sans qu'il eût
l'apparence d'aucun dommage.

La vue de ce tonneau lui donna l'idée
de pousser plus avant ses recherches, dans
l'espérance que quelque autre objet pourrait

avoir été porté par les flots sur le rivage,
et elle eut, en effet, à peine marché quelque
temps encore, qu'elle découvrit successivement une petite caisse, une malle
sur laquelle était une plaque de cuivre
portant le nom de Surville, et, ce qui la
combla de joie, une boîte contenant sa
guitare, que son père avait eu soin, avant
leur départ, de faire placer dans un coffre
à double fond, avec les cordes et la musique qui lui étaient nécessaires.

« Oh ! mon bon père ! s'écria Emma,
en reconnaissant cet objet, votre malheureuse enfant retrouve au milieu du désert
un des dons les plus précieux que vous
lui ayez faits; mais, hélas! elle ne vous
retrouve pas, vous, le guide, l'appui de sa
jeunesse et l'objet de sa plus tendre affection!

Long-temps les pleurs de l'infortunée
coulèrent silencieusement à la vue de cette
boîte, qui lui retraçait un bonheur dont
elle craignait de ne plus jouir; mais se

rappelant enfin la nécessité de mettre les diverses choses qu'elle venait de trouver à l'abri de la marée montante, qui eût pu les emporter à la mer, elle songea sérieusement aux moyens de les transporter du côté des rochers où elle avait remarqué la veille que les vagues n'arrivaient pas.

Voulant commencer par l'objet auquel elle attachait le plus de prix, elle chargea la boîte sur le dos de son docile compagnon, et alla la déposer dans une des cavités du roc, qui lui parut un lieu fort convenable pour mettre aussi en sûreté ses autres richesses, dont pourtant elle ne connaissait pas encore la nature.

Son embarras était extrême, en songeant au poids de chacune des choses qu'il lui fallait amener du rivage; mais y étant retournée, elle eut l'heureuse idée d'ouvrir la petite caisse, au moyen de son couteau et d'un caillou très pointu qui lui servit à soulever le couvercle, et fut agréablement surprise d'y trouver divers outils

parmi lesquels étaient plusieurs marteaux,
des scies, une pioche, deux bêches, des
vrilles, quelques livres de clous, un pa-
quet de corde, plusieurs pelotes de ficelle, et une marmite de fer qui semblait avoir servi à faire fondre de la colle
forte. Quoique n'ayant jamais fait usage
de ces divers objets, Emma comprit
qu'ils pouvaient lui être d'une grande
utilité.

Ayant aussitôt fabriqué un fausset avec
un éclat du couvercle de la caisse, et
s'étant munie des outils nécessaires, elle
retourna vers le tonneau et le perça pour
s'assurer s'il contenait quelque liquide;
mais n'en ayant rien vu sortir, elle résolut
d'y pratiquer une plus large ouverture
afin de juger si ce qu'il contenait méritait la peine d'être transporté. Qu'on se
peigne sa joie, lorsqu'ayant fait sauter une
douve, et plongeant un œil avide dans
le précieux tonneau, elle y découvrit
une belle provision de biscuit de mer,

que l'eau n'avait nullement endommagée.

A genoux, les yeux baignés de larmes, elle offrit à Dieu mille actions de grâces de ce nouveau bienfait, et se promit d'en mériter un plus grand encore par sa résignation et son courage. Ayant ensuite pris un biscuit, elle le partagea avec son cher Azor, qui, depuis le matin, n'avait eu comme elle que quelques fruits et quelques coquillages pour sa nourriture; et se sentant plus de forces après ce repas, elle étendit son tablier sur le sable, y déposa une partie de la charge du tonneau, puis, l'ayant refermé, elle parvint à le faire rouler jusqu'au rocher. Étant retournée ensuite à la caisse, elle en tira les outils, dont elle fit plusieurs charges pour Azor, tandis qu'elle-même emportait dans son jupon une partie du biscuit resté sur le rivage. La caisse servit ensuite à charrier le reste.

Quant à la malle, Emma ne chercha point alors à l'ouvrir, car elle craignait le

retour de la marée, et elle trouva plus prudent de la mettre d'abord en sûreté; mais
quoique cette malle ne fût ni d'un poids ni
d'un volume considérables, il lui parut
assez difficile de la traîner comme elle avait
fait de la caisse. Ne perdant pas courage
cependant, et pressée d'agir parce que les
vagues commençaient à s'approcher, elle
réussit en passant un bout de corde dans
un des anneaux de la malle, et en y attachant son chien, à la tirer avec lui jusqu'au rocher, où elle vit avec une grande
satisfaction toutes ses richesses rassem-
blées et à l'abri de l'envahissement des
eaux.

Cependant l'extrême fatigue que lui
avait coûtée un travail si pénible et si nouveau pour elle, la mettait hors d'état de
retourner ce soir-là à la vallée, et, d'un
autre côté, elle ne songeait pas sans effroi
qu'il lui faudrait passer une nuit entière
sur le rivage, où le seul bruit des flots
portait dans son âme une terreur profonde.

Pourtant elle se résigna, en remarquant que le jour était à son déclin, et en pensant que si elle prenait quelque repos, elle se trouverait dans une obscurité complète avant d'avoir gravi le rocher. Forcée donc de prendre gîte dans le lieu où elle était, elle l'examina avec plus d'attention qu'elle ne l'avait fait auparavant : c'était une caverne assez large, dont les parois, quoique sombres, ne présentaient aucune humidité, et dont le sol était parfaitement uni ; mais, ce qu'Emma n'avait pas vu, il y avait au fond de cet antre obscur une prolongation de vide qui la glaça d'effroi lorsqu'elle l'eût découverte. Quelques plantes sauvages bouchaient en partie cette seconde ouverture, qui pouvait être le repaire de quelque animal dangereux. Une telle incertitude était affreuse, et la pauvre enfant resta d'abord comme pétrifiée ; mais naturellement courageuse et habituée à raisonner avec elle-même, elle réfléchit que le danger qu'elle

redoutait de cette seconde ouverture pouvait exister aussi bien du côté de la première, qui donnait sur le rivage, et, prenant aussitôt son parti, elle résolut de
les boucher toutes deux autant qu'il lui
serait possible avec les objets rassemblés
autour d'elle, et de se confier ensuite dans
la Providence, qui, tout en la soumettant
aux plus rudes épreuves, ne l'avait pas
cependant entièrement abandonnée.

Ayant donc poussé le tonneau contre la
seconde ouverture, elle espéra, quoiqu'il
restât un espace vide au dessus, qu'il
serait, au moyen des broussailles qui le
dépassaient, un obstacle suffisant pour
empêcher un animal quelconque de venir
jusqu'à elle sans éveiller son fidèle Azor,
dont l'intrépidité lui était connue. Étant
parvenue ensuite à boucher tant bien que
mal l'entrée de son antre, elle s'assit sur
le sable avec son compagnon d'infortune,
et lui présenta dans l'obscurité plusieurs
morceaux de biscuit que le pauvre ani-

mal dévora; elle-même en mangea aussi; mais elle en eut à peine avalé quelques bouchées, qu'elle sentit redoubler la soif qui la tourmentait depuis plusieurs heures, et qu'elle n'avait pu satisfaire, à cause du temps considérable que lui avait pris le transport du tonneau et des autres objets. Peu s'en fallut qu'elle ne se décidât à rouvrir son lugubre gîte, pour se rendre au ruisseau où elle s'était désaltérée la veille et le jour même encore; mais, outre l'éloignement où ce ruisseau se trouvait de la caverne, la profonde obscurité qu'elle vit régner sur le rivage lui parut un obstacle qu'elle ne pouvait essayer de surmonter sans une extrême imprudence.

L'infortunée se soumit donc à la cruelle souffrance qu'elle endurait; car, bien qu'elle en fût encore à l'apprentissage du malheur, celui qui l'avait d'abord frappée était si affreux, qu'il avait, en quelque sorte, endurci son ame contre tous ceux qui en étaient la suite; et puis, Emma,

4

quoique bien jeune encore, était pénétrée
d'une piété si solide, qu'il était impossible
qu'elle n'y puisât pas une force au dessus de
son âge, et si quelquefois l'excès de ses
maux l'emportait sur sa résignation, sa
confiance en Dieu l'y ramenait bientôt,
et alors son ame s'élevant vers la Divinité,
retrouvait sinon le calme, du moins l'espérance d'un meilleur avenir.

Voyons-la prier au milieu de son antre
obscur, où un pauvre chien est son unique
appui : sa langue desséchée par la soif, ses
membres palpitants de lassitude, la font
horriblement souffrir, et, pour comble de
maux, elle pense à l'excellent père dont
elle a été séparée d'une manière si horrible ; mais elle prie, elle prie avec ardeur,
et déjà ce Dieu de bonté qu'elle implore
avec tant de confiance lui dit qu'il ne
l'abandonnera pas. Alors ses pleurs cou-
lent avec moins d'amertume ; elle espère
enfin, et, pour qui espère, le malheur n'est
pas dépourvu de consolation.

CHAPITRE IV.

> La prière et le travail sont deux
> remèdes infaillibles contre les maux
> de la vie; ils nous la font aimer, quelque
> misérable qu'elle soit.

La nuit s'écoula cependant sans qu'Emma pût dormir; car elle n'avait pas, comme la, veille un lit de feuilles sèches pour étendre ses membres fatigués. Enfin elle vit reparaître le jour, et, après avoir débouché l'entrée de la caverne et s'être munie d'une provision de biscuit, elle se hâta de prendre le chemin du ruisseau où elle avait intention de déjeuner avec son compagnon, et de revenir ensuite mettre en ordre ses richesses, dont elle ne pouvait emporter une partie dans la vallée que par petites portions, puisqu'il lui faudrait, à chaque voyage, gravir le rocher qui en formait l'enceinte.

4.

Tout occupée des difficultés immenses que présentait ce transport, elle ne s'aperçut pas d'abord que son chien ne l'avait pas suivie; mais, parvenue à quelque distance du ruisseau, elle remarque qu'il lui manque, l'appelle, retourne sur ses pas, rentre dans la caverne, y répète ses cris avec un sentiment d'anxiété qu'aucune expression ne saurait rendre. Tout-à-coup elle croit l'entendre sous les voûtes profondes de l'antre, du côté de la seconde ouverture : s'étant approchée, elle l'appelle de nouveau, et le voit enfin paraître. Son air est empressé et joyeux; il bondit autour d'elle, et la tire par ses vêtements du côté de l'ouverture, comme s'il voulait lui annoncer qu'il a fait une heureuse découverte.

Emma connaissait trop le merveilleux instinct de ce fidèle animal pour douter qu'il n'eût un motif pour l'attirer ainsi vers ce lieu; mais comment se décider à s'enfoncer avec lui dans les profondeurs de cet antre obscur? Ayant toutefois dérangé le tonneau par-dessus lequel il était monté, et se servant d'un des outils trouvés la veille pour écarter les broussailles qui en obstruaient l'entrée, elle se hasarda, en tenant un bout de corde attaché au collier de l'impatient Azor, à s'avancer un peu dans le passage souterrain.

Une profonde terreur s'était emparée de tous ses sens; néanmoins, cédant malgré elle à l'impulsion de son guide, qui montrait un grand redoublement de joie, elle finit par se décider à le suivre. Le terrain, assez uni, n'offrait aucun obstacle à sa marche; mais elle remarqua que le passage, toujours à peu près de la même largeur qu'à son entrée, faisait divers détours. Enfin, au bout d'un demi-quart d'heure environ, elle aperçut tout-à-coup devant elle la clarté du jour, et se vit presqu'au même instant dans une grotte spacieuse, tapissée d'énormes aiguilles de cristal de roche, qui, reflétant la lumière de mille façons diverses, faisaient de ce lieu une retraite délicieuse.

Emma, dans un ravissement inexprimable, jeta autour d'elle des regards surpris,
et, s'étant vivement approchée de l'une des
ouvertures que présentaient la forme irrégulière de la grotte, elle demeura saisie
d'admiration, en reconnaissant la charmante vallée où déjà elle avait passé une
nuit dans le creux du baobab, et en
voyant dans la prairie le ruisseau que peu
d'instants auparavant elle allait chercher
de l'autre côté du rocher.

Légère comme la biche qui aperçoit le
fleuve où elle va se désaltérer, la pauvre
enfant y courut, et, après avoir bu de ses
eaux limpides, elle paya à son cher Azor
le tribut de reconnaissance qui lui était
dû, en le comblant de caresses, et en
partageant avec lui la portion de biscuit
qu'elle avait emportée pour son déjeuner.
A son tour, l'excellent animal, auquel il ne
manquait que la parole, semblait lui dire,
en frottant contre elle son énorme tête et en

promenant ses regards autour de lui : « Tu
le vois, j'ai su trouver le ruisseau où nous
avions bu, l'arbre qui nous avait nourris;
celui où je veillai près de toi ; ici nous
sommes bien; j'ai voulu t'y ramener; ne
crains rien, je suis là pour te défendre. »

Emma était passée si rapidement de la
terreur que lui avait causée la route souterraine, à la satisfaction de se retrouver
dans la jolie vallée, qu'elle ne pouvait
se lasser de la contempler. La grotte
avait aussi une grande part à son admiration. Y étant retournée après son repas,
elle vit que cet endroit pourrait, à l'avenir,
lui servir de demeure, et qu'il lui serait facile d'y apporter les différentes choses trouvées la veille. A la vérité, il lui faudrait
faire pour cela bien des voyages dans une
profonde obscurité; mais cet inconvénient,
quel qu'il fût, n'équivalait pas, à beaucoup
près, aux peines que lui eussent coûtées ces
objets, s'il eût fallu les transporter dans la
vallée, en gravissant le roc à chaque fois.

Plusieurs de ces choses d'ailleurs n'auraient
pu y arriver; ainsi le tonneau, la caisse et
la malle, qui étaient autant de meubles
d'une grande utilité pour la jeune solitaire,
eussent dû rester sur le rivage, où elle n'en
pouvait tirer aucun parti.

Ce fut donc du fond de son ame qu'elle
remercia le Ciel de l'avoir conduite à une
découverte si précieuse; et, s'armant d'un
nouveau courage à la pensée de cette protection toute divine qui semblait se montrer à elle à chaque instant, elle résolut de
retourner à la caverne le jour même avec
son chien; et d'en rapporter tout ce qu'il
lui serait possible.

Ayant aussitôt appelé Azor, qui prenait
ses ébats dans leur riant domaine, elle
ramassa le bout de corde qui était resté
attaché à son collier, et voulut le faire
entrer dans le passage obscur; mais le pauvre animal ne comprenant pas la nécessité
de quitter un lieu où il se trouvait bien,
pour aller dans un autre qui lui déplaisait,

et où rien ne l'attirait plus, puisque sa maîtresse était avec lui, fit d'abord difficulté
de lui obéir. Il reculait du côté de l'ouverture de la grotte qui donnait dans la vallée,
et grommelait à la vue du passage souterrain ; toutefois Emma y étant entrée, il
courut sur ses pas, et finit par céder à sa
volonté en lui servant de guide jusqu'à la
caverne.

La comparaison de ce triste lieu avec
la charmante grotte de la vallée, fit encore mieux sentir à Emma, s'il était possible, le bonheur de l'avoir trouvée, et,
pressée d'y transporter ses richesses, elle
tint d'abord conseil avec elle-même pour
savoir par où elle commencerait. Après un
moment de délibération, ce fut au biscuit
qu'elle donna la préférence. Ayant formé
un sac de son jupon de dessous, qui heureu-
sement se trouvait être d'une étoffe très
solide, elle le remplit, le donna à porter à
son compagnon, et, prenant elle-même une
bonne charge dans sa robe, elle reprit le

4.

chemin de la grotte, et répéta les voyages jusqu'à ce que le besoin et la fatigue la forçassent de s'arrêter.

Le biscuit, le tonneau et la boîte qui contenait la guitare, étaient dans la grotte; mais tout cela avait coûté bien des peines à la pauvre enfant, et il fallut remettre au lendemain le transport des autres objets. Forcée donc d'abandonner son travail, elle retourna vers l'arbre qui lui avait fourni des dattes, en fit une nouvelle provision, et alla les manger au bord du ruisseau avec Azor, qui avait eu sa bonne part de la fatigue du jour. Elle y joignit un peu de biscuit, dont pourtant elle résolut d'être à l'avenir fort économe, afin de se réserver quelque ressource en cas de disette. Mais avant que de chercher une autre nourriture, il fallait bien songer à rapporter dans la grotte tout ce qui se trouvait encore de l'autre côté du rocher.

Un autre soin n'était pas moins nécessaire : forcée d'établir sa demeure dans la

vallée, et espérant toujours que son père
et Dominique auraient pu aborder sur
une côte voisine, et qu'ils se mettraient
à sa recherche aussitôt qu'ils trouveraient
quelque moyen de navigation, Emma
craignait qu'ils ne vissent pas le signal
qu'elle avait mis sur le rocher, et songeait
à en placer un autre près duquel ils ne
pussent passer sans qu'il fût pour eux un
avertissement de son existence dans l'île.

Un des jeunes arbres qui bordaient le
ruisseau pouvait, étant transporté du côté
du rivage, y reprendre racine et remplir
le but qu'elle se proposait, si elle y mettait
une inscription quelconque. Cette idée lui
sourit tellement, que peu s'en fallut qu'elle
ne retournât à la caverne pour en rapporter les objets nécessaires à son opération ;
mais la soirée déjà très avancée, et plus
encore son excessive lassitude, la firent
remettre au lendemain l'exécution de ce
projet. Afin de se coucher plus tôt, elle
retourna de suite vers le baobab, où, après

avoir offert à Dieu sa prière, elle s'endormit d'un profond sommeil, tandis que
son chien, placé en sentinelle au pied
de l'arbre, protégeait un repos dont elle
avait si grand besoin.

Le lever du soleil ne la retrouva point
sur sa couche; car elle avait revu en songe
le cher auteur de ses jours, et, réveillée
par la violente émotion que lui avait causée
ce doux rêve, ses larmes coulèrent en
abondance en le voyant s'évanouir.

« Hélas! non, il n'est pas là, dit-elle,
avec un inexprimable sentiment de douleur.... ah! j'eusse été trop heureuse. Cher
papa! suis-je donc condamnée à ne plus
vous revoir?.... Oh! non, cela n'est pas
possible, Dieu le sait bien; lui aussi
est un bon père; il aura pitié de moi....
Oui, mon Dieu! continua-t-elle en élevant
ses mains jointes vers le ciel, oui, vous
prendrez pitié de la pauvre Emma, abandonnée de la nature entière; vous lui ren-
drez son père, son ami, et alors sur cette

terre déserte où votre volonté l'a conduite,
elle pourra encore retrouver le bonheur.... »

Emma, sortie du creux de son arbre,
s'était mise à genoux. Son chien, la voyant
baignée de pleurs, se coucha devant elle,
en la regardant avec une expression de
tristesse indéfinissable. « Pauvre Azor!
dit-elle en l'embrassant, tu partages mon
chagrin; oh! je t'aime bien aussi, tu
m'as sauvée, et sans toi, que serais-je devenue depuis quatre jours dans ce lieu
inhabité, où déjà j'ai éprouvé toutes les
souffrances de la plus affreuse misère....
Quatre jours! ô ciel! déjà quatre jours
sans avoir vu mon père!.... Ah! inscri-
vons ici même ce jour affreux où je fus
séparée de lui.... » Et, en même temps,
l'infortunée gravait avec son couteau sur
l'écorce du baobab la funeste date du
5 mars 1807.

Ramenée à son projet de la veille par
ce douloureux souvenir, elle prit aussitôt

avec Azor le chemin de la caverne, afin
d'en rapporter les outils dont elle avait
besoin pour déraciner l'arbre qu'elle voulait transplanter; mais comme son chien,
malgré toute son affection et sa docilité
naturelles, ne se serait pas accommodé de
travailler sans manger, elle lui donna la
moitié d'un biscuit avec des huîtres, dont
elle fit aussi son déjeuner, et ayant ensuite
formé deux charges des outils qu'elle voulait emporter, elle donna la plus lourde à
son compagnon et le suivit avec l'autre.

On a raison de dire que l'habitude nous
familiarise souvent avec les choses qui
nous paraissaient d'abord les plus pénibles;
car Emma, qui la première fois avait été
si épouvantée en traversant le passage
obscur qui conduisait à la grotte, le par-
courait alors sans aucune sorte de crainte,
et y marchait même presqu'aussi vite que
si ce passage eût été parfaitement éclairé.
Elle fut donc bientôt de retour à la vallée,
et parvint assez facilement à déraciner

son arbre, parce que le ruisseau, humec-
tant continuellement la terre où il poussait, l'avait rendue très meuble. Emma eut
soin d'abattre les plus grosses branches de
cet arbre, afin de pouvoir le traîner plus
facilement ; mais le travail qu'il lui fallut
faire pour le replanter dans un lieu où il
pût être aperçu, et où cependant il fût à
l'abri de la violence des vents qui imman-
quablement l'eussent déraciné, lui parut le
plus difficile de son opération ; car après
avoir formé un trou pour le recevoir près
du rocher, elle rencontra sous sa bèche un
énorme fragment de roc qui l'empêcha de
creuser plus avant, et elle fut obligée d'aller plus loin faire une nouvelle tentative,
qui, cette fois, réussit. Elle dut ensuite se
procurer l'eau nécessaire pour arroser sa
plantation. La marmite de fer trouvée
dans les outils servit d'arrosoir ; mais on
peut se figurer combien la pauvre Emma
eut à souffrir au milieu de ce travail, qu'il
lui fallut achever durant l'ardeur du so-

leil. Elle ne perdit pas courage cependant, et, lorsque le petit arbre fut planté, elle y cloua la plaque de cuivre, qu'elle avait détachée de la malle, et où son nom se trouvait gravé, ne doutant point que cette inscription ne frappât les regards de M. de Surville, s'il venait sur cette côte.

Lorsque ce travail fut terminé, Emma ne se sentant plus la force d'emporter ce jour-là une nouvelle charge d'outils, encore moins d'essayer de traîner la malle, que pourtant elle eût désiré avoir dans la vallée, et dont surtout elle eût bien voulu connaître le contenu, s'assit un moment sur cette malle pour se reposer et réfléchir aux moyens de l'ouvrir sans l'endommager. Se rappelant alors qu'elle avait en sa possession diverses petites clefs, elle les tira vivement de sa poche, et eut le bonheur, au troisième essai, d'en trouver une qui allait au cadenas de la malle. Ayant ensuite soulevé

le large coutil qui servait d'enveloppe
aux objets qui y étaient renfermés, et qui
n'étaient nullement gâtés par l'eau de la
mer, elle fut saisie d'une émotion impossible à décrire, en trouvant, avec une
pièce de toile qui était pour elle d'un
prix inestimable, une ample provision de
papier, de plumes, de crayons, d'encre;
tous les livres de méditation et d'étude
que lui avait donnés son père, et plusieurs morceaux de musique qu'il lui avait
choisis.

Emma, en touchant ces divers objets,
était agitée de mouvements presque con-
vulsifs; c'était tout à la fois une joie délirante et une douleur qu'aucune parole
ne saurait exprimer : « Papa! cher papa! »
étaient les seuls mots qui échappassent de
ses lèvres; mais quelle foule de sentiments remplissait son ame! Il n'était pas
un de ces livres, que dans son trouble
elle ouvrait tour-à-tour, qui ne portât
une annotation de la main de son père ou

qui ne lui rappelât quelques-uns de ses sages conseils; et c'est loin de lui, c'est dans un lieu inhabité, dans une affreuse caverne, que lui sont rendus ces précieux gages de la tendresse paternelle!

Parmi toutes ces choses qui avaient si puissamment remué son cœur, Emma trouva aussi un joli coffret que ses jeunes amies de Brest avaient secrètement remis pour elle à Dominique : c'était un assortiment de ceintures, de rubans du meilleur goût, et plusieurs autres petits objets de parure, auxquels les jeunes personnes attachent ordinairement un très grand prix; mais hélas! la vue de ces jolis riens ne pouvait plus intéresser celle à qui ils étaient destinés. Quand nous habitons le désert, la vanité, ainsi qu'au bord de la tombe, ne nous paraît plus qu'un vain songe dont nos regards se détournent avec mépris. Là les futilités du monde nous apparaissent sous leur véritable jour; il n'y a de réel pour nous dans l'un et dans l'autre cas, que les regrets du passé et la crainte de l'avenir!

La jeune solitaire, en regardant toutes ces choses, désormais si inutiles pour elle, éprouvait un serrement de cœur inexprimable : Ah! combien n'eût-elle pas préféré à ces misérables chiffons une robe de bure, la plus grossière possible, ou une paire de gros souliers, ou bien enfin quelques poteries de terre dont elle sentait si vivement la privation! Cependant, attribuant à la bonté de son père l'achat de tous ces objets, elle les replaça soigneusement, et fut très surprise de trouver parmi les rubans un papier, que dans son trouble elle n'avait pas aperçu d'abord. C'était une lettre des deux charmantes sœurs, qui, après lui avoir fait l'hommage de ce léger présent, lui disaient :

« Les mers vont nous séparer, chère Emma : peut-être bien des années s'écouleront sans que nous ayons le bonheur de vous revoir; mais sur cette terre étran-

gère où le sort va vous condamner à
vivre, n'oubliez pas que vous avez à Brest
deux amies qui ne se consoleront jamais
de votre éloignement, et qui ne cesseront
de faire des vœux pour que vous soyez
rendue à leur tendre affection. »

« Hélas! dit en sanglottant l'infortunée,
après avoir lu, jamais, sans doute, de tels
vœux ne seront accomplis. Chère Cécile!
bonne Eugénie! c'est pour toujours que
nous sommes séparées.... Vous vivrez au
sein des plaisirs; vous jouirez des caresses
d'un père, de celles d'une tendre mère,
tandis qu'Emma, seule, avec ses déchirants souvenirs, périra peut-être au milieu
du désert!.... »

Suffoquée par ses larmes, elle s'arrêta
tout-à-coup; car elle venait de sentir
succéder au fond de son ame un mouvement de désespoir à la joie que lui avait
d'abord causée le contenu de la malle :
elle venait presque d'articuler un murmure au moment même où les soins de

la Providence se manifestaient encore pour elle. « Pardon! ô mon Dieu! s'écria-t-elle bientôt, pardon! je ne veux pas douter de votre divin appui pour une pauvre enfant abandonnée; mais cette lettre et tous ces objets, qui me retracent un bonheur qui n'est plus, m'ont fait paraître mon isolement plus affreux encore. Prenez pitié de ma faiblesse; donnez-moi le courage de supporter sans me plaindre toutes les rigueurs de ma destinée! »

Un peu raffermie après cette prière, et oubliant les fatigues de la matinée, elle résolut de porter ce jour même dans la grotte ses nouvelles richesses. Le jupon, dont la veille elle avait fait un sac pour le biscuit, servit de nouveau au transport des livres, du papier et des plumes. Azor multiplia les voyages avec sa maîtresse, et, à la grande joie de cette dernière, la malle fut entièrement vidée.

Ayant résolu de ne pas s'établir dans la grotte avant que tout ce qu'elle y avait

apporté y fût mis en ordre, Emma retourna encore dans le creux de son arbre
ce soir-là, après avoir soupé de fort bon
appétit avec son zélé compagnon, et se
leva le lendemain dès l'aube du jour pour
commencer ses arrangements.

Dès cet instant aussi, elle commença
à mettre en ordre sur le papier toutes les
pensées et tous les sentiments qui agitaient son cœur : c'était pour elle un
besoin impérieux; et si mes jeunes lectrices ont accordé jusqu'ici à la pauvre
Emma le degré d'intérêt qu'elle est digne
d'inspirer, elles me sauront gré, peut-être,
de leur donner successivement, et sans
autre préambule, les divers fragments
échappés à sa plume durant ces longs
jours d'amertume, qu'il lui fallut passer
loin de toute société humaine.

« C'est aujourd'hui, écrivait-elle, le
cinquième jour que je n'ai vu mon père.
Père chéri! si ces lignes tombent entre
vos mains, vous comprendrez tout ce que

votre enfant a souffert privée de vous et
du bon Dominique.... Ah! qui m'eût dit
que j'eusse pu vivre sans vous! hélas! je
ne croyais pas que cela fût possible.... On
vit donc encore loin des objets de son
affection?.... Quelle singularité est en moi!
je pleure, je pleure mon père, et je vis,
je veux vivre; je cherche avec ardeur ma
nourriture; je crains la mort; j'admire
cette belle vallée où la Providence m'a
conduite, ce beau soleil qui se lève majestueusement devant moi. C'est la bonté
de Dieu qui se manifeste dans cet astre
qui réjouit mon être; c'est elle sans
doute qui m'inspire ce besoin d'existence
que je sens si bien. Cher papa! c'est sûre-
ment que Dieu veut me rendre à vous....
Quelque part que vous soyez, vous lui
redemandez votre Emma, vous le priez
pour elle; elle aussi le prie pour vous,
elle aussi lui redemande son père.... Oh!
que je serais heureuse, si vous étiez là
près de moi, avec Dominique! Alors ce

monde, où je n'ai fait que passer, ne
m'inspirerait plus de regret : ici, avec
mon père, oui, je serais heureuse ; mais,
j'y suis seule, seule ! que ce mot est cruel
à dire ! Hélas ! mon pauvre Azor cherche
en vain à me consoler ; ma douleur est
trop vive pour qu'il puisse l'adoucir....
Pourtant il faut bien que je songe à lui ; car
il m'a sauvée, il m'a amenée dans cette vallée, où j'ai trouvé des dattes, où je pourrai
peut-être trouver encore bien d'autres
fruits pour me nourrir. Cher Azor ! oui, je
dois songer à toi ; tu as faim sans doute....
Adieu, mon bon père ! adieu ! Je revien-
drai bientôt causer encore avec vous. En
vous écrivant ainsi, il me semblera rapprocher l'instant de notre réunion, car
nous nous réunirons, cher papa ; oh ! oui ;
sans cette espérance je ne saurais vivre ;
et Dieu qui l'a mise dans mon cœur ne
voudrait pas m'abuser. »

Entraînée par le plaisir qu'elle avait
goûté à jeter ainsi sur le papier une partie

des sentiments qui remplissaient son ame, Emma ne s'était pas aperçue que son chien s'était éloigné, et elle fut d'abord très inquiète de ne pas le voir accourir, lorsqu'elle l'appela pour le déjeuner; mais, s'étant avancée un peu dans la vallée qu'elle n'avait pu visiter encore, elle l'appela de nouveau, et le vit enfin paraître, portant dans sa gueule un jeune cabiai (1) qu'il venait d'étrangler.

Emma ne connaissait pas cet animal, et son premier mouvement fut celui de

---

(1) Le cabiai, mammifère très répandu sur les bords des rivières et des lacs de l'Amérique-méridionale, est le plus gros des *rongeurs*, à l'ordre desquels il appartient. Il a environ trois pieds de longueur, sur un et demi de hauteur; son corps est gros et ramassé. Les cabiais vivent en petites troupes, et ne s'éloignent guère de l'eau, où ils peuvent plonger pendant près de dix minutes. Les Indiens de la province de Caracas les appellent *chiguères*, et en font d'excellents jambons.

5

l'effroi; mais s'étant bientôt rassurée en le voyant hors d'état de lui nuire, elle songea sérieusement à mettre à profit ce nouveau bienfait de la Providence. Ayant rassemblé à la hâte du bois sec, et cherché ensuite le long du rocher une pierre propre à battre le briquet, elle prit un des outils en fer, et, au moyen d'un fichu en mousseline qu'elle portait sur son col, et dont elle sacrifia une partie, elle parvint, non sans une peine extrême, à allumer un bon feu pour faire cuire le cabiaï. Mais le plus difficile n'était pas encore exécuté : il fallait écorcher l'animal, et la pauvre petite éprouvait une telle répugnance à entreprendre cette opération, que peu s'en fallut qu'elle n'y renonçât. Réfléchissant néanmoins que si son séjour dans l'île se prolongeait, il ne lui serait pas toujours possible de ne se nourrir que de fruits, elle se décida, en tremblant de tous ses membres, à écorcher et à vider le cabiaï; et, en étant venue à bout, elle

enfonça deux grosses branches de chaque
côté de son feu, en mit ensuite une autre
en travers, et y suspendit l'animal au
bout d'une ficelle qu'elle eut soin de tourner de temps en temps. Une feuille de
dattier, placée en double sous le rôti, et
dont les bords furent relevés par de petites pierres, servit de lèchefrite, et une
autre servit de plat pour le recevoir après
sa cuisson.

Cependant toutes ces opérations demandèrent assez de temps pour qu'Emma
fût obligée, dans l'intervalle, de manger
quelques dattes, et d'en donner à Azor;
mais celui-ci, alléché par l'odeur de la
viande, fit peu d'honneur à ce repas, et
attendait impatiemment qu'on lui donnât
sa part du friand morceau dont il avait
si généreusement enrichi la cuisine de sa
maîtresse. Placé à côté du feu, il suivait
d'un œil inquiet tous les tours du pauvre
cabiai suspendu à la corde, et demandait

5.

par ses regards suppliants qu'on le décrochât.

Enfin le rôt se trouva cuit à point, et Emma songeant d'abord à son cher pourvoyeur, lui en fit une large part, et se mit elle-même à en manger sans trop de répugnance. Elle trouva la chair du cabiai grasse et tendre ; mais il lui sembla qu'elle avait plutôt le goût du poisson que celui du gibier. Elle résolut néanmoins, si Azor lui rapportait encore un de ces animaux, d'en faire bouillir une partie dans son pot de fer, qu'elle avait nettoyé, et d'en former un consommé, dont elle sentait un grand besoin depuis son séjour dans l'île.

Livrée désormais à sa propre industrie pour se procurer les premières nécessités de la vie, la pauvre enfant repassait soigneusement dans sa mémoire tout ce qu'elle avait appris par les soins de son père, et ce fut ainsi qu'elle songea à se procurer du sel, dont elle venait d'éprouver la privation. Elle savait que dans quelques contrées le sel est souvent efflorescent à la surface du sol, et elle se promit d'en chercher sous les rochers qui entouraient la vallée; mais, en attendant qu'elle fît cette recherche, il lui parut facile d'obtenir du sel marin, en faisant évaporer sur le feu de l'eau de la mer; et ayant essayé le jour même à faire bouillir de cette eau dans sa marmite, elle réussit à avoir une petite portion de sel, qu'elle se promit bien de grossir en renouvelant plusieurs fois ce procédé, qui pourtant lui coûta des peines infinies, par l'éloignement où elle se trouvait du rivage, et par la pesanteur du vase qui lui servait à puiser son eau et à la faire évaporer.

La journée entière avait été consacrée à ces diverses opérations; et Emma, désirant mettre de l'ordre dans la distribution de ses travaux, regrettait que le soin de sa nourriture lui prît un temps si considéra-

ble ; mais tant de difficultés l'environnaient
dans sa cruelle situation, qu'il était impossible qu'elle songeât de sitôt à se livrer
à des occupations plus analogues à ses goûts.
Il fallait avant tout qu'elle cherchât à
rassembler autour d'elle quelques-unes des
ressources que l'île pouvait lui offrir pour
ses besoins journaliers; et alors que d'ob-
stacles lui resteraient encore à vaincre,
puisqu'elle manquait de presque toutes les
choses nécessaires pour tirer partie de ces
ressources mêmes! Le seul fait de se procurer du feu lui avait coûté près d'une
heure de travail; car, n'ayant jamais battu
le briquet, et, par dessus tout, manquant
d'allumettes, ce n'avait été qu'avec beaucoup de peine, et en sacrifiant une partie
de son fichu, qu'elle avait réussi à en-
flammer les broussailles desséchées et placées sous son bois. Pour obvier à l'avenir
à cet inconvénient, et ménager le peu de
mousseline qui lui restait, elle résolut d'entretenir du feu sous la cendre, soit qu'elle

eût ou non quelque chose à faire cuire.
Le sol était jonché de branches sèches de
toutes grosseurs, qu'il lui était facile, avec
un peu de courage, de rassembler sous
une des cavités avoisinant sa grotte, et,
après avoir bien soigneusement couvert ses
tisons, elle se mit le soir même à commencer cette utile provision qu'elle se
promit bien de grossir un peu chaque jour.

Quelles que fussent les peines d'esprit
qui accablassent la pauvre enfant, il était
impossible que de si rudes exercices ne lui
procurassent pas un profond sommeil, lorsque l'obscurité, mettant fin à ses travaux,
la forçait de se retirer dans le creux de l'immense baobab. En revanche, nous l'avons
dit, elle était sur pied dès que le jour commençait à naître, et c'était en admirant le
majestueux lever du soleil, qu'elle offrait
au Seigneur le tribut ordinaire de sa tendre
piété. C'était aussi l'instant où, se mettant
par la pensée en présence de son père, elle
donnait un libre cours à ses regrets, et aux

expressions de son amour filial : « Cher papa! disait-elle à haute voix, bénissez votre Emma qui souffre et gémit loin de vous sur cette terre d'exil où il n'existe pas un seul être humain pour la consoler. Ah! sans doute, vous priez aussi pour que Dieu vous rende à ma tendresse! » Et l'infortunée, étendant alors les bras vers le Ciel, lui redemandait son père avec l'accent de la plus vive douleur.

Un retour à l'espérance était presque toujours la suite de ces touchantes invocations; car ce sentiment si naturel à tous les êtres, ne s'éteint jamais dans l'ame qui sait prier. Soutenue par lui, la jeune fille, essuyant ses pleurs, souriait à l'avenir qui devait la dédommager du présent, et retournait à ses pénibles travaux avec un nouveau courage.

De son côté, son fidèle compagnon ne restait pas oisif; car, outre l'attachement extrême qu'il lui portait, et l'instinct extraordinaire dont il était doué, un autre aiguillon,

non moins puissant, venait encore exciter
son zèle : c'était la faim qui, chez lui depuis
plusieurs jours, n'avait été qu'imparfaite-
ment satisfaite. Ainsi, le lendemain qu'il eut
trouvé le jeune cabiai, il parut disposé à renouveler sa chasse, et il commençait déjà à
prendre son élan vers l'intérieur de la vallée, lorsque sa maîtresse, qui ce jour-là avait
résolu d'aller chercher des huîtres au bord
de la mer, et de rapporter de la caverne les
outils qui y étaient restés, arrêta tout-à-coup
son ardeur, et lui dit de la suivre. Il fallut
obéir à cet ordre et prendre le chemin obscur
que déjà il avait parcouru tant de fois char-
gé de pesants fardeaux. C'était fort contra-
riant, sans doute, et Azor grommelait tout
bas; cependant, en chien bien élevé, il ne
fit aucune résistance; mais, arrivé au bout
du passage, soit humeur ou instinct, il
reprit son élan jusqu'au bord de la mer, et
Emma le perdit de vue pendant une demi-
heure environ. Ayant suivi ses traces le
long de la grève, elle l'aperçut enfin, et

5..

fut bien étonnée, en le rejoignant, de le
voir aux prises avec une tortue de moyenne
grosseur, qu'il était parvenu à retourner
sur le dos, et qu'il achevait de tuer avec
ses dents énormes.

Quelle que fut la répugnance d'Emma
pour ces sortes d'expéditions, il était impossible qu'elle ne se réjouît pas d'une
si belle capture; car elle avait entendu
dire à son père, et sur le vaisseau, que non
seulement la chair de la tortue est un ali-
ment fort recherché des marins, pour qui
elle est d'une grande ressource, mais que
la graisse dont cette chair est chargée,
peut servir à accommoder toutes sortes de
légumes et de ragoûts, et que l'on en tire
une huile propre à divers usages économiques (1).

Enchantée d'une trouvaille si précieuse,
la jeune solitaire se promit bien de rame-

_____

(1) La chair de la tortue est aussi employée
par les marins comme un remède très efficace
contre le scorbut.

ner souvent son intrépide pourvoyeur à
la chasse des tortues, et, pressée d'enlever
celle qui était en sa possession, elle la mit
sur le dos d'Azor qui, fier de sa proie,
reprit aussitôt le chemin de la vallée,
où son zèle fut récompensé par une cuisse
de cabiai, qu'il dévora d'un seul coup de
dents.

S'étant mise aussitôt en devoir de dé-
pecer la tortue, Emma eut soin de ménager
l'écaille supérieure, qui n'était pas moins
utile pour elle que la chair qu'elle recou-
vrait, et, en ayant porté une partie des
morceaux au frais dans sa grotte, elle les
arrangea proprement sur des feuilles, et
mit ensuite le surplus bouillir dans son pot
de fer devant un feu doux, espérant que
le bouillon qu'elle en retirerait vaudrait
bien celui qu'elle avait eu le projet de faire
avec du cabiai.

Les œufs retirés de la tortue lui parurent aussi une précieuse ressource; elle en

fit cuire un pour son déjeuner, et mit le
reste en lieu sûr pour le lendemain.

Tranquille dès lors pour plusieurs jours
sur sa nourriture et celle de son compagnon,
dont l'appétit était toujours ouvert, elle
résolut, pendant que leur dîner cuisait, de
retourner à la caverne chercher les outils
que le transport de la tortue l'avait empê-
chée de rapporter, et de ranger ensuite dans
la grotte chaque objet à la place qu'elle voulait lui assigner. Ayant rempli ces divers
soins, elle songea aussi à y établir sa chambre à coucher ; mais, malheureusement,
les portes et les fenêtres devaient en rester
ouvertes, et c'était un grave inconvénient
auquel Emma ne savait comment remédier.

Ainsi que nous l'avons dit, la grotte avait,
outre l'entrée du passage, plusieurs ouvertures donnant sur la vallée, et qui y je-
taient de la clarté. Parmi celles-ci cependant il n'y en avait qu'une qui fût assez large
pour servir d'entrée ; les autres n'étaient que

des trous placés à une certaine hauteur et
formant comme des espèces de lucarnes ;
mais ces lucarnes, si utiles dans le jour,
devaient être fort désagréables durant la
mauvaise saison, et même pendant les nuits
d'été, qui, à raison du voisinage de la mer,
étaient généralement assez froides.

D'un autre côté, quoiqu'Emma commen-
çât à perdre un peu la crainte des animaux
féroces, parce que, depuis son séjour dans la
vallée, et même sur le rivage, elle n'avait
entendu d'autre cri que celui des oiseaux, et
que d'ailleurs elle comptait sur la force et
l'intrépidité de son compagnon, néanmoins
elle ne pouvait se défendre d'un certain
effroi en songeant qu'il lui faudrait passer
les nuits au milieu de cette grotte ouverte.
L'intérieur du baobab lui semblait plus sûr ;
mais cet arbre était à une certaine distance,
et elle trouvait plus commode d'établir son
domicile de nuit là où était son domicile
de jour. Enfin, après avoir bien pesé et bien
examiné ces divers inconvénients, une idée

lumineuse lui vint tout-à-coup à l'esprit:
elle peut fermer cette grotte qui lui donne
tant d'inquiétude ; il ne faut pour cela que
de la patience et du courage. Les gros joncs
qui poussent sur les bords du ruisseau et les
jeunes arbres qui se trouvent épars dans la
vallée, lui fourniront les matériaux ; avec
les uns elle tressera des nattes de la hauteur
et de la largeur de chaque ouverture : elle
en a vu faire souvent à Dominique, et se souvient très bien comment il s'y prenait ; avec
les autres, elle fera des montants et des traverses sur lesquels elle clouera ces nattes.
Le cuir qui garnit la petite malle lui servira
à faire des charnières. Parmi les outils de
la caisse, elle trouvera quelques morceaux
de fer propres à former des crochets pour la
fermeture de ses portes et de ses volets.
Oui, mais comment enfoncer des clous
dans le roc? Cela est impossible ; il lui
faudrait des outils et une force qu'elle
n'a pas.... Eh bien! la voûte a des cavités
qui permettent d'y assujettir des pieux ;

elle creusera d'avance le sol, et remplissant ensuite le vide, elle clouera sur ces pieux les charnières en cuir.

Fière d'une si belle invention, et pressée d'essayer son talent, Emma se mit aussitôt à couper une brassée de jonc, et, ayant réussi, au moyen de la ficelle trouvée dans la caisse, à former une natte, elle ne douta presque plus du succès de son entreprise.

Mais le jour s'avançait, et le fumet agréable qui s'exhalait de son pot au feu, aiguisait tellement son appétit, qu'elle résolut de remettre au lendemain la continuation de ses travaux. Il fallait d'ailleurs qu'elle se fabriquât une cuiller de bois pour manger sa soupe : c'était un meuble essentiel dont elle ne pouvait plus se passer, et bien qu'elle n'eût pas la prétention de le rendre parfait, encore devait-elle prendre le temps de le façonner de manière à ce qu'il pût lui servir. Elle eut soin de choisir pour cela un morceau de bois tendre, et lorsqu'elle lui eut donné à peu près la forme d'une cuiller, elle cassa un biscuit dans l'écaille de la tortue, y versa son bouillon bien chaud, et se trouva avoir une soupe délicieuse. Malheureusement le pauvre Azor fut obligé d'attendre qu'elle eût fini sa portion pour obtenir la sienne; car il n'y avait qu'un seul vase, et il fallait nécessairement que le chien mangeât le dernier : assis devant sa maîtresse, il suivait d'un œil d'envie chacune des cuillerées qu'elle portait à sa bouche; mais enfin son tour arriva, et l'on peut imaginer avec quelle ardeur il se jeta sur cette bonne soupe, si impatiemment attendue et sur le morceau de tortue dont il fut ensuite gratifié.

Emma avait une cuiller pour manger la soupe, mais elle manquait d'une fourchette pour manger sa viande, et elle se promit dès lors d'essayer son talent en ce genre : elle voulait aussi se fabriquer une petite assiette en bois : jusqu'ici quelques fragments des feuilles du dattier lui en avaient

servi; mais avant que de songer à monter
son ménage, il fallait qu'elle s'occupât de
sa grande entreprise des portes et fenêtres,
et afin de se lever le lendemain avec le
jour pour commencer ce rude travail, elle
alla se coucher dans le baobab, qu'elle se
décida à ne quitter que lorsqu'elle aurait
mis la grotte tout-à-fait en état de la recevoir.

CHAPITRE V.

Les larmes sont mères des vertus, et le malheur est un marche-pied pour s'élever vers le Ciel.

M. DE CHATEAUBRIAND.

Déjà mes jeunes lectrices ont songé, sans doute, à toutes les peines que notre Emma allait avoir pour l'exécution de son projet. Pour en venir à bout, il fallait non seulement qu'elle coupât une grande quantité de joncs mais il fallait aussi qu'elle sciât les arbres qui devaient former ses pieux, ses montants et ses traverses, qu'elle amincît les morceaux de bois par le bout, afin de pouvoir les clouer l'un sur l'autre, qu'elle fît ses nattes, qu'elle fabriquât des manches à plusieurs des outils qui devaient lui servir, et enfin qu'elle creusât la terre pour recevoir ses pieux. Ce n'était assurément pas en un jour que la pauvre petite pouvait remplir une tâche si difficile ; car, outre son peu d'habitude de pareils exercices, elle manquait aussi des forces nécessaires pour s'y livrer.

O vous, jeunes filles, élevées dans la mollesse, et dont les doigs délicats se sont peut-être fatigués en effeuillant quelques roses, ou en reproduisant sur une gaze légère la fleur que vous aviez admirée sur sa tige ; suivez, au milieu du désert, cette jeune infortunée qui reçut, il est vrai, une éducation plus solide et plus utile que la vôtre, mais qui pourtant n'a jamais éprouvé d'autres fatigues que celle que pouvaient supporter son sexe et son âge ; qui, vous l'avez vu, était tendrement aimée ; qui, après avoir goûté toutes les douceurs d'une heureuse aisance, se voit tout-à-coup réduite, sans appui, sans consolation, à chercher péniblement chaque jour sa chétive nourriture ; qui n'a que la terre pour lit, des feuilles pour couverture, et qui enfin, manquant de tout à la fois, ne peut se pro-

curer les premières nécessités de la vie,
qu'en se livrant aux plus rudes travaux!

Ah! si vous examinez tous les maux,
toutes les cruelles privations qu'elle endura,
si vous comprenez bien toute la résignation, tout le courage qu'il lui fallut pour les
supporter, jetez sur le bonheur qui vous
environne un regard de profonde gratitude;
bénissez-en mille fois le divin auteur, et si,
plus tard, quelques-unes des peines dont la
vie est semée, viennent tout-à-coup vous
surprendre, souvenez-vous de la résignation de la pauvre Emma, de son courage
dans l'adversité, et, comme elle, tâchez
de trouver dans la prière et dans l'espérance en Dieu, la force nécessaire pour
supporter vos maux.

Au bout d'une semaine du plus pénible
travail, les portes et les volets de jonc
furent placés, et la jeune solitaire, qui
s'était fait aussi une belle natte pour recevoir son lit de feuilles, put aller habiter
sa grotte, où Azor trouva également un

abri plus commode que sous le baobab.

Durant les travaux de sa maîtresse, cet animal, aussi intelligent que fidèle et courageux, n'avait pas cessé de lui être utile, soit en lui portant quelque fardeau, soit en retournant à la chasse des jeunes cabiais et des tortues. Ainsi la cuisine avait été en pleine activité, et Emma avait vu constamment régner sur sa table, c'est-à-dire sur le gazon où elle s'établissait pour prendre ses repas, une abondance qu'elle devait tout entière à son brave compagnon, qui, du reste, était d'un si rude appétit, qu'il consommait en une seule fois autant d'aliments, qu'il lui en eût fallu à elle pour vivre plusieurs jours.

Au milieu de cette abondance, les ustensiles de ménage s'étaient aussi augmentés de deux écailles de tortue, dont l'une lui servait d'assiette et l'autre d'une belle jatte pour Azor qui n'était plus obligé d'attendre sa soupe.

Les peaux de cabiai avaient aussi été

soignées précieusement ; car Emma pré-
voyant qu'une fois ses vêtements usés, ces
peaux deviendraient son unique ressource
pour se couvrir, prit dès ce moment l'habitude de les clouer en les étendant sur des
troncs d'arbres, et la première qui fut
séchée ainsi, lui devint très utile pour
recouvrir ses souliers, que l'eau de la mer
avait réduits dans le plus triste état.

Ainsi chaque jour les travaux de la
pauvre solitaire se multipliaient. Elle
avait cependant un grand désir de s'aven-
turer un peu dans la vallée qu'elle n'avait
pu visiter encore, et où elle se proposait
de chercher quelque autre ressource en cas
de disette ; toutefois avant que de commencer cette excursion, elle crut devoir
essayer de cueillir ce qui restait de dattes
sur le bel arbre qui l'avait d'abord nourrie. Ce fut encore une grande entreprise ;
car, outre la peine que lui coûta cette récolte, qu'elle ne pouvait faire qu'en mon-
tant péniblement sur le dattier, elle dut

ensuite fabriquer des corbeilles pour recevoir les fruits séchés au soleil. Il lui fallut aussi un panier pour elle et un pour Azor, afin d'emporter quelques provisions en s'éloignant de sa demeure. Les fibres qu'elle trouva à la base des feuilles du dattier et les grappes qu'elle descendit de l'arbre, à l'aide d'une corde, et dont elle détacha le fruit, lui servirent de matériaux pour ces divers objets.

Pour ne pas perdre un seul instant, elle était obligée de travailler durant la chaleur du jour, et l'on peut dire à la lettre, que c'était au prix de ses sueurs qu'elle achetait les premières nécessités de la vie. Ce n'était pas là cependant ce qui répandait le plus d'amertume dans son cœur : préoccupée sans cesse de sa séparation d'avec son père, à peine songeait-elle à ses autres maux.

« Eh quoi! disait-elle dans un second fragment, tous mes jours vont donc s'écouler ainsi sans que je vous aie revu, cher

papa! Comment puis-je vivre après une
si affreuse séparation! Je ne me conçois
pas moi-même.... Je souffre bien pourtant! oh! oui, je souffre même en prononçant votre nom chéri, qui se présente à
chaque instant à ma pensée; je souffre en
songeant à votre chagrin, à vos dangers.....
O mon bon père! se pourrait-il!.... Mais,
non, je veux éloigner cette idée cruelle;
elle m'ôterait le courage.... Dieu, qui m'a
soutenue au milieu du péril, et qui me
donne dans ce désert la force de travailler
à tant de choses que je ne croyais pas
pouvoir faire, vous aura conservé à ma
tendresse....

« Quand donc serons-nous réunis? quand
pourrai-je vous serrer dans mes bras, vous
faire oublier vos chagrins, et vous montrer les fruits de l'éducation que vous
m'avez donnée? Sans vos sages instructions, que serais-je devenue dans cette
immense solitude? Privée de vous, de
votre appui, de tout secours humain, je

repasse sans cesse dans ma mémoire toutes
les choses utiles que vous m'avez apprises.
C'est à vos soins, à votre sollicitude paternelle que je dois de n'avoir pas succombée
sous le poids de la misère que j'ai endurée
d'abord, et ensuite sous celui des rudes
travaux auxquels je suis obligée de me
livrer. Sans prévoir les maux qui atten-
daient votre malheureuse enfant, vous lui
aviez appris ce que c'est que l'adversité;
vous aviez aussi habitué son corps aux
fatigues, et, par-dessus tout, ô mon excellent père! vous lui aviez appris à connaître, à aimer Dieu, à espérer dans sa bonté
infinie; et c'est là aujourd'hui où elle
puise ses forces et son courage! Oui, je
souffre, je souffre beaucoup, mais j'espère
que ma résignation me méritera le bonheur de vous retrouver, de vous montrer
mes travaux, les soins que j'ai dû prendre
pour soutenir ma triste existence....

« Autrefois vous me disiez: « Travaille,
« chère Emma; acquiers des talents, des

« connaissances; occupe utilement tous
« les instants de ta vie; car nous devons au
« Ciel de mettre à profit les nobles facultés
« dont il a doué notre être. » Hélas! ici, je
ne puis plus rien acquérir; mais je puis
utiliser le peu que je sais, pour adoucir ma
cruelle position; je puis entretenir dans
mon cœur le souvenir de vos sages conseils, y faire fructifier les vertus que vous
y avez semées et dont vous m'offriez à
chaque instant le plus parfait modèle. »

On le voit, ce n'était ni de ses privations ni de ses fatigues que la vertueuse
enfant se plaignait dans sa solitude; son
père, toujours son père, voilà le sujet
perpétuel de ses regrets et de ses larmes;
et, assurément, elle ne s'éloignait point
en cela des préceptes de notre religion;
car cette religion, toute d'amour, loin de
condamner nos pleurs, se place au contraire entre l'adversité et nous pour les
essuyer.

Nourrissant toujours au fond de son

cœur l'espérance de revoir son père, Emma ne passait pas un seul jour sans aller visiter l'arbre qu'elle avait planté près des rochers sur le rivage, et où elle avait cloué la plaque de cuivre. L'idée que M. de Surville viendrait sur la côte et trouverait ce signal, n'avait même pas peu contribué à retarder l'excursion qu'elle se proposait de faire. Voyant enfin que son attente était inutile, elle résolut, sans néanmoins désespérer de l'avenir, d'exécuter son projet, et, ayant rempli un panier de diverses provisions, telles que du biscuit, des œufs et de la chair de tortue, elle le donna à porter à Azor, en prit un autre à son bras, afin d'y placer tout ce qu'elle pourrait recueillir dans son voyage, et, la tête couverte d'un chapeau fabriqué avec des feuilles cousues l'une sur l'autre, elle partit un matin avec son zélé compagnon, non sans s'être retournée plusieurs fois pour regarder sa grotte et le petit coin de terre qu'elle avait cou-

6.

tume de parcourir : l'habitude lui avait
rendu ces objets familiers, et ce n'était
pas sans une espèce de répugnance qu'elle
s'en éloignait.

Ce sentiment disparut bientôt pour faire
place à une admiration toujours croissante
à la vue des charmants paysages que lui
offrit l'intérieur de la vallée. Déjà elle
avait admiré ces sites délicieux du haut du
rocher où elle était montée plusieurs fois ;
mais si alors l'ensemble du tableau l'avait
agréablement frappée, maintenant c'é-
taient des beautés de détail, c'était une ri-
chesse, une fertilité de sol, qui venaient
la plonger dans une sorte d'extase.

Le premier objet qui frappa ses regards,
en s'éloignant des rochers, fut une vaste
plaine, couverte de riz que ravageaient
des milliers d'oiseaux, et de patates (1) qui

_____

(1) On désigne sous ce nom la racine tubé-
reuse et charnue d'un *Liseron* originaire de
l'Inde : c'est improprement qu'on l'a étendu à la
Pomme-de-terre.

paraissaient avoir acquis une maturité parfaite. Saisie d'étonnement et de joie à la vue de ces plantes si précieuses, et qu'elle ne s'était pas attendue à trouver dans l'île, Emma fut sur le point de renoncer à pousser plus avant ses recherches, afin de commencer aussitôt une récolte qui devait la mettre désormais à l'abri du besoin; mais, entraînée par la beauté des différents paysages qui se dessinaient devant elle, elle avança dans la vallée, en se rapprochant du ruisseau qui la traversait, et vit successivement l'admirable bananier (1), l'élégant et majestueux cocotier (2), étendant leur

_____

(1) Les deux espèces de bananiers les plus intéressantes sont le *Bananier du paradis* et le *Bananier des sages*.

(2) Le cocotier est l'un des genres les plus intéressants de la famille des Palmiers, par la beauté des espèces qui le composent, et par les usages variés auxquels ses diverses parties sont employées.

riche feuillage sur des prairies émaillées
de fleurs; de riants coteaux couverts de
vignes, de citronniers, de superbes ananas, de cannes à sucre, incultes, il est
vrai, mais dont elle pouvait encore tirer
parti, et enfin, d'une infinité d'autres
plantes dont elle ignorait l'usage.

Émerveillée à la vue de tant de richesses,
et pressée d'offrir au ciel l'hommage d'une
gratitude profondément sentie, Emma
tomba à genoux, et s'écria : « O mon Dieu!
vous avez donc voulu qu'une pauvre enfant, séparée de son père, trouvât rassemblés dans cette solitude tous les genres de
bienfaits que votre immense bonté a ré-
pandus sur la terre! Ici, la main de
l'homme n'a rien perfectionné; le sol est
sans culture, et pourtant tout y croît en
abondance, et c'est pour Emma que vous
avez daigné faire de tels prodiges! »

En prononçant ces mots, les yeux baignés de larmes, la jeune solitaire regardait autour d'elle dans un ravissement

impossible à décrire ; il lui semblait que la Providence ne s'était pas encore manifestée à elle d'une manière si sensible. Hélas ! c'est qu'il faut avoir senti le poids de l'adversité pour apprécier les dons du Ciel. Emma, élevée au sein du monde et de ses faux plaisirs, n'eût peut-être jamais cherché la source de tous les biens offerts à l'homme sur la terre : comme tant d'autres, elle en eût joui machinalement, et sans songer que sa reconnaissance dût en être le prix ; mais, seule ici, en présence de ce Dieu puissant qu'on lui a fait connaître, en butte à une vive douleur et à tous les genres de privations, comment n'admirerait-elle pas les merveilles qui s'offrent à sa vue, et comment n'en témoignerait-elle pas une profonde gratitude à leur divin auteur !

Long-temps elle resta extasiée et indécise au milieu de toutes ces richesses, sans savoir à laquelle donner d'abord la préférence. Toutefois, le raisin finit par

l'emporter : beaucoup de grappes étaient
mûres. Après en avoir mangé avec modé-
ration, elle en remplit un de ses paniers,
et se promit de revenir incessamment
cueillir le reste. Son dessein n'était pas
cependant d'emporter à la grotte les grappes telles qu'elles étaient, parce qu'elles
se seraient gâtées par leur propre poids;
mais elle pensa qu'en les suspendant aux
branches des arbrisseaux qui fourmillaient
dans la vallée, elle réussirait à les faire
sécher au soleil, comme les dattes, et
que ce serait une utile provision qui lui
servirait dans la saison des pluies, où il
ne lui serait probablement plus possible
de sortir pour aller chercher sa nourriture. Elle ignorait à quelle époque ces
pluies devaient arriver; mais elle avait
entendu dire à son père et au bon Noir,
qu'à Saint-Domingue et dans beaucoup
d'autres contrées, on ne divise pas les
saisons comme en Europe, en été et en
hiver, mais en saisons sèches et en saisons

pluvieuses, et, imaginant que ces pluies succéderaient peut-être bientôt au beau temps dont elle jouissait depuis son séjour dans l'île, elle désirait, en bonne ménagère, n'être pas prise au dépourvu, et elle se promit bien de redoubler d'activité et de courage pour ne rien laisser perdre de tout ce que la Providence avait mis à sa disposition.

Heureuse de ses précieuses découvertes, Emma revint le soir à sa grotte, bien fatiguée de sa course; car elle avait fait environ trois lieues pour aller et revenir; mais elle rapportait de belles provisions, parmi lesquelles était un coco superbe, dont elle espérait bien se faire un nouvel ustensile de ménage, et la satisfaction qu'elle éprouvait lui fit aisément oublier la peine qu'elle avait eue.

Ainsi chaque jour ses occupations se multipliaient, et elle ne se couchait plus sans former de grands projets pour ses travaux du lendemain. Cependant, quel

6..

que fut son empressement à exécuter ces
pénibles travaux, elle ne pouvait s'empêcher de regarder souvent avec regret ses
crayons, sa guitare, et les livres qu'elle
avait à sa disposition : il lui eût été si doux
de revenir à ses études chéries, et de se
retracer dans le calme du repos toutes les
instructions de son excellent père ! Mais
hélas ! avant tout, il fallait vivre. Là, ce
n'étaient ni les plaisirs du monde, ni
l'importunité des gens désœuvrés, qui
s'opposaient à ses goûts d'étude ; c'é-
tait le besoin, l'impérieux besoin qui
lui criait : laisse-là ces occupations douces et faciles, qui naguère ont fait le
charme de ta vie ; cesse de lire, de médi-
ter ; abandonne les crayons et cette douce
harmonie à laquelle ton jeune cœur était
si sensible ; raidis-le, ce cœur, déjà brisé
par l'adversité, raidis-le contre l'isolement et la perte du meilleur des pères;
renonce aux doux plaisirs de ton enfance ;
ploie aussi tes membres délicats aux plus

rudes fatigues ; car, si tu cesses un seul
jour de travailler, si tu ne te presses de
récolter les productions de cette terre
déserte où le malheur t'a jetée, la faim,
la cruelle faim bientôt déchirera tes entrailles ; tu périras de misère, sans qu'un
seul être humain vienne pleurer sur toi,
et recueille ton dernier soupir!

Pauvre enfant! quel courage, quelle
raison, et surtout quelle piété ne lui
fallut-il pas pour supporter sans murmure
tant d'efforts et de sacrifices! Mais, nous
l'avons dit, elle priait sans cesse au milieu
même de ces travaux qui dépassaient ses
forces, et, quand, obligée de s'arrêter, elle
élevait au Ciel son regard suppliant, ses
souffrances disparaissaient, et la douce
espérance venait lui sourire.

S'étant mise le lendemain à la récolte
du riz, elle en remplit son tonneau,
et elle eut dès lors le plaisir de manger
d'excellents potages, faits alternativement
avec la chair de tortues et de jeunes ca-

biais, auxquels son chien continuait à faire
la chasse. Ayant résolu, par prudence, de
ne plus toucher à la petite provision de
biscuit qui lui restait, la prévoyante ménagère la serra dans la caisse d'où elle
avait retiré les outils, et remplaça cette
nourriture par des patates cuites à l'eau ou
sous la cendre, et dont Azor s'accommo-
dait également très bien.

Le champ de riz étant peu éloigné de sa
grotte, Emma avait eu moins de peine à
y transporter sa récolte qu'elle n'en eut
ensuite pour celle des fruits. Ainsi qu'on
l'a dit, les raisins étaient à une lieue et
demie de sa demeure, et l'on peut imaginer combien elle éprouva de fatigues pour
faire chaque jour ce long trajet, pour sus-
pendre ensuite les grappes aux branches
des arbrisseaux, les retourner pendant
l'ardeur du soleil, et les rapporter chez
elle. A la vérité, Azor lui fut d'un grand
secours pour ce dernier objet; mais lorsqu'on pense à l'excessive chaleur de la sai-

son et à l'éloignement du lieu, on conçoit tout ce que la pauvre petite eut à souffrir durant sa vendange.

Pendant que son raisin séchait, elle avait eu toutefois le bonheur de réussir à se fabriquer un grand chapeau de paille de riz, qui assurément était loin d'approcher, pour la forme et le tissu, de l'élégance et de la finesse de ceux que nous portons en Europe, mais qui du moins la garantissait de l'âpreté du soleil qui dardait sur sa tête.

Enchantée d'avoir réussi dans ce dernier travail, la courageuse enfant voulut essayer, comme Robinson, avec la position duquel la sienne avait une si triste analogie, de se faire un parasol : la paille de riz travaillée et quelques joncs en forme de baleines furent ses matériaux. Il serait impossible de dire sa joie, lorsque, étant venue à bout, tant bien que mal, de fabriquer ce meuble précieux, elle put affronter avec lui, dans ses courses loin-

taines, les brûlants rayons du soleil. Azor
-lui-même était fier d'une si belle invention ; car ce parasol de nouvelle fabrique
était assez large pour que sa maîtresse pût
l'étendre sur lui, lorsqu'il marchait à ses
côtés, et l'on peut imaginer avec quelle
satisfaction la pauvre bête recevait ce soulagement, quand surtout il était porteur
de quelque lourd fardeau.

Enfin le raisin fut séché et transporté à
la grotte, près des dattes qui s'y trouvaient déjà. Mais il restait non loin du
coteau où ils avaient été cueillis, des citrons et des cannes à sucre, dont l'heureux mélange avait fourni plusieurs fois
à Emma une boisson délicieuse, dont elle
était très avide. Elle voulait faire aussi
une ample récolte de ces deux productions. Quant au citron, la chose n'était pas
embarrassante ; mais le jus que contenait
les cannes ne pouvait se conserver qu'autant qu'il serait cuit et versé dans des vases dont elle manquait absolument. Il fal-

lut donc, pour obvier à cette difficulté, commencer par cueillir un grand nombre de cocos, se mettre ensuite à perfectionner ces vases si nécessaires ; et ce fut encore là une occasion de rudes fatigues.

N'ayant pas rencontré aux environs de ses récoltes un arbre assez creux pour lui fournir un asile durant la nuit, et trouvant d'ailleurs plus prudent de ne pas se tenir trop long-temps éloignée de la grotte si voisine du rivage, il fallait chaque soir que la jeune solitaire fît le même trajet qu'elle avait fait le matin, ployant presque toujours sous le poids des lourds fardeaux qui la forçaient de s'arrêter de distance en distance, non seulement pour reprendre haleine, mais aussi pour essuyer la sueur qui inondait son visage.

Quelque pénibles que fussent ces travaux, il faut dire cependant qu'elle finit bientôt par y trouver une sorte de charme qui la dédommageait de la fatigue

qu'ils lui avaient donnée : par exemple, le
jour qu'elle se servit pour la première fois
du chapeau de paille et du parasol qu'elle
s'était fabriqués, il est certain qu'elle fut
mille fois plus joyeuse que si on lui eût
donné les objets les plus précieux. En
général, nous attachons bien plus de prix
aux choses qui exercent notre industrie
qu'à celles qui nous viennent de l'industrie des autres : ce qu'on se procure avec
de l'argent, peut-il jamais valoir à nos
yeux ce qui nous a coûté quelque effort
d'intelligence, de travail ou de soin ?

Guidée par l'impérieuse nécessité et par
l'envie de bien faire, Emma devenait
chaque jour plus industrieuse, plus active
et plus prévoyante. Ainsi, après s'être
donné un chapeau et un parasol, elle
réussit à se faire une assez bonne paire de
souliers avec les peaux de cabiais, qu'elle
avait eu soin de faire sécher pour cet
usage, et elle se fit aussi de belles
chemises avec la toile trouvée dans la

malle. A la vérité, cette dernière occupation n'était pas la plus difficile; car elle
s'y était précédemment exercée, et elle
avait trouvé dans le coffret de ses deux
jeunes amies, un joli assortiment de fil à
coudre, qui lui avait épargné toute espèce
de difficulté : il s'en présenta une assez
grande pour un autre objet, c'était celle
de se faire des bas. Bien qu'elle eût très
exactement lavé et raccommodé les siens,
ils étaient si usés, qu'elle se voyait sur le
point d'en manquer totalement, et quelle
que fût la chaleur de la saison, il lui semblait très pénible de rester les jambes nues;
il se trouvait, en effet, dans la vallée et
parmi les buissons qu'elle était forcée de
traverser continuellement, une quantité
d'insectes et d'épines, dont elle avait
beaucoup de peine à se garantir.

Prenant donc son parti, elle résolut de
remplacer ses bas, par une paire de
guêtres, que lui fournirent encore les
peaux qu'elle avait amassées. Une espèce

de filasse, trouvée autour des cocos, qui contribuaient à l'agrément de sa table et lui formaient en même temps les plus beaux vases de son ménage, lui servit à faire des lacets, et elle put alors affronter les hautes herbes et les broussailles sans craindre la piqûre des insectes et celle des épines qu'elle redoutait également.

Ainsi qu'on le voit, ses instants se trouvaient si complètement remplis, qu'il ne lui en restait aucun à donner au repos. Cependant, lorsque toutes ses récoltes furent achevées, et qu'elle eut mis à profit le jus des cannes à sucre, en le faisant réduire sur le feu et en le serrant ensuite dans ses cocos, elle résolut de mettre à l'avenir un tel ordre dans ses travaux et de régler si bien l'emploi de son temps, qu'il lui en restât un peu pour l'étude. Elle arrêta donc que, sauf le moment des récoltes, les matinées seraient consacrées à chercher et à préparer sa nourriture journalière, et à l'entretien de ses vête-

ments ; que le milieu du jour serait donné
à la fabrication des ustensiles et des meubles qui lui manquaient, et qu'il lui serait
possible de faire , et le reste de la journée
au dessin , à la musique, à la lecture ou à
écrire à son père.

Avec quel mélange de plaisir et de
douleur l'intéressante enfant se remit à
ces dernières occupations !

« Qu'il y a long-temps, ô mon bon père,
que je n'ai causé avec vous ! écrivait-elle ;
qu'il y a long-temps que nous sommes
séparés et que je suis dans cette île déserte
où personne n'entend mes soupirs !

« Si du moins je pouvais vous écrire
sans cesse, toujours causer avec vous ! Mais
non ; il m'a fallu abandonner ce plaisir si
doux , pour me livrer à des soins que Dieu
semblait me commander, en me faisant
trouver au loin, dans la vallée, des ressources sur lesquelles je ne comptais pas!

« Oh ! j'eusse été bien ingrate, si je ne me
fusse pas empressée de les mettre à profit !

Il fallait bien récolter ces bonnes patates qui me servent de pain; ce bon riz que mangeaient les oiseaux, et qui me fait de si nourrissants potages; il fallait cueillir ces précieuses bananes et ces superbes cocos qui renferment une boisson si délicieuse, et qui me font ensuite de si jolis vases pour ma cuisine; il m'a fallu enfin faire la vendange du raisin et réduire en sirop le jus des cannes à sucre que j'ai trouvées. Je suis riche maintenant! et si vous venjez, mon bon père, j'aurais de quoi vous nourrir ainsi que Dominique. Oh! que je serais heureuse, si vous paraissiez tout-à-coup dans cette grotte que j'appelle ma maison! si je pouvais vous servir un dîner que j'aurais préparé!.... Dieu si bon, ah! faites que ce vœu s'accomplisse! que je revoie mon père dans le lieu même où chaque jour je répands des larmes en pensant à lui! que je lui montre mes travaux, mes efforts pour ne pas mourir!...

« Oui, j'ai eu bien des efforts à faire pour
ne pas succomber sous le poids de mon
malheur. Être séparée de mon père, vivre
ici, seule avec mes souvenirs et mes
craintes, oh! c'est bien affreux!... Et puis,
dans le commencement, je manquais de
tout; aujourd'hui, j'ai plus qu'il ne me
faut, et, en travaillant, je peux suffire à
mes besoins; mais j'aimerais bien mieux
manquer de tout encore, et avoir retrouvé
mon père. Il est même des instants où je
souffre d'une telle abondance : souvent je
mange en pleurant, par la crainte que
vous ne soyez privé du nécessaire, cher
papa!...

« Mais, c'est peut-être mal d'avoir ces
craintes? Dieu, qui est si bon pour une
pauvre enfant qui n'a jamais rien fait
pour lui, doit l'être bien plus pour vous,
qui êtes la vertu même.... Oui, je veux
m'efforcer de bannir ces idées cruelles;
je veux me rappeler tous les biens dont
la Providence m'a comblée dans ma soli-

tude, afin de me rassurer sur votre existence et sur votre situation.

« Ah ! de tous ces bienfaits, l'un des plus grands sans doute, est de m'avoir fait retrouver quelques-uns de vos dons précieux.

« Hier, pour la première fois, j'ai pu reprendre ma guitare. Comment vous exprimer ce qui s'est passé en moi, lorsque l'écho de la vallée a répété les sons de cet instrument, que si souvent je vis entre vos mains ! Mes doigts, en touchant les cordes, étaient tremblants comme les feuilles des jeunes saules agités par la brise de mer ; mon cœur était gonflé ; j'étouffais, et je voulais chanter pourtant ; mais je ne le pus pas. Je voulais répéter ces paroles si pleines de sentiment et de mélodie que je chantais avec vous, et elles expirèrent sur mes lèvres. Alors j'abandonnai ma guitare, j'ouvris le livre de *l'Imitation de Jésus-Christ*, et aussitôt je me sentis moins triste, moins découragée.

« Oh! que vous aviez raison de me dire qu'on ne lit jamais ce livre admirable sans en retirer des fruits abondants! Il sonde toutes nos plaies, me disiez-vous, et en même temps il nous offre le remède qui doit leur être appliqué; il relève notre courage par l'appât de la récompense; dans toutes nos souffrances il nous montre pour modèle celui qui *a été brisé pour nos péchés*, et qui nous crie : « *Vous tous qui gémissez sous le poids du travail, venez à moi, et je vous soulagerai.* »

« Oui, je le sens, cela est bien vrai. Autrefois, mon père, l'éloge que vous me faisiez de cet ouvrage sublime, m'excitait sans doute à une grande admiration pour lui; mais j'étais heureuse alors, et mon admiration était froide. Aujourd'hui je sens bien autrement les beautés qu'il renferme ; car je souffre, et il me console. Je comprends bien mieux maintenant ce que vous m'avez raconté de cet infor-

tuné (1) qui, étant renfermé et livré au désespoir dans une prison où des méchants
le retenaient, sentit tout-à-coup son ame
soulagée en jetant les yeux sur ce passage
de l'Imitation : « *Me voici, mon fils, je
viens à vous parce que vous m'avez invoqué.* »

« Et moi aussi j'ai invoqué Dieu, non
dans une prison, mais dans un désert, et
il est venu à moi, et il m'a consolée !

« Merci, mille fois merci, ô mon Dieu !
pour avoir permis que je retrouvasse dans
ma solitude, cet admirable livre qui sou-
tient ma faiblesse et dissipe ma douleur.
Avec lui, je ne suis plus seule. Par lui
vous répondez à mes soupirs, à mes larmes;
*vous êtes mon espérance et mon refuge
au jour de ma tribulation ; vous me
faites porter mon fardeau sans en sentir
le poids, et vous me rendez doux et
agréable tout ce qui est amer.*

---

(1) La Harpe.

« Oh ! oui, je veux lire chaque jour ce livre qui répond si bien à mon cœur, et, s'il se peut, devenir chaque jour aussi, en le méditant, plus digne des bénédictions de mon Dieu et de l'affection de mon père. »

CHAPITRE VI.

Dans votre misère, vous ne devez ni vous laisser abattre, ni perdre l'espérance, parce qu'après l'hiver vient l'été, après la nuit le jour, et après la tempête un grand calme.

Imitation de Jésus-Christ.

Une résolution si louable devait nécessairement produire les plus heureux effets sur l'intéressante enfant, qui chercha dès lors à adoucir sa position non seulement par la méditation et l'étude, mais encore par tous les innocents plaisirs qu'il lui fut possible de se procurer. Ainsi, se rappelant celui qu'elle éprouvait autrefois en cultivant des plantes, elle forma devant sa grotte un parterre, qui avait quelque ressemblance avec le premier dont elle s'était occupée; elle y transporta les plus jolies fleurs de la vallée, y sema aussi des graines, et trouva chaque jour un nou-

veau charme à les voir croître et à les
soigner.

Elle eut aussi le désir de se faire une
volière semblable à celle que Dominique
lui avait arrangée au château, et qu'elle
avait quittée ensuite avec tant de regrets.
Cependant ce désir devint pour elle le sujet
de graves réflexions. Ces charmants oiseaux
qu'elle voyait voltiger sur les arbres, et
qu'elle eût bien voulu avoir en sa possession, paraissaient si heureux qu'il y aurait peut-être quelque cruauté à les priver
de leur liberté. Toutefois cette liberté, qui
semblait leur être chère, les exposait souvent à être immolés par les vautours et
les autres oiseaux de proie qui traversaient
la vallée.

« Les petits oiseaux que j'apprivoiserai,
se dit Emma, seront à l'abri de ces méchants qui leur font la guerre; car je leur
arrangerai une petite maison où ils trou-
veront une abondante nourriture; je cher-
cherai les graines qui leur plairont le plus,

et quand ils se seront accoutumés à mes
soins, je les laisserai libres d'aller se réjouir avec leur mère.....

« Leur mère! ah! qu'ils sont heureux
d'en avoir une! moi, je n'en ai plus; la
mienne paya de sa vie ma triste existence,
et je n'ai vu que son tombeau.... O ma
mère! combien je vous eusse aimée! qu'il
m'eût été doux de jouir de votre amour,
de vos tendres caresses! »

En parlant ainsi, la pauvre enfant
pleura, et renonça pour le moment à son
idée de faire une volière; mais, ayant
trouvé quelques jours après dans les buissons différentes espèces de jeunes oiseaux,
elle ne résista pas à l'envie de s'en em-
parer, et mit tant de soin à les élever que
la plupart s'apprivoisèrent facilement avec
elle et accouraient à sa voix dès qu'elle les
appelait; un d'entre eux surtout s'attacha à elle si tendrement que bientôt il la
suivit dans toutes ses promenades. C'était
un bouvreuil à bec blanc, du plus joli

plumage, et qui avait une telle flexibilité
de gosier, que non seulement il imita
bientôt le ramage des oiseaux avec lesquels il vivait, mais que, plus tard, il
rendit aussi les inflexions de la voix
humaine, au point de prononcer très dis-
tinctement : *Emma*, *Azor*, et plusieurs
autres mots que lui apprit sa maîtresse.

Joyeuse de ce premier succès, la jeune
solitaire se mit aussi à la recherche des
nids de perroquets. Cette espèce d'oiseau
était assez commune dans l'île, et il ne lui
fut pas très difficile d'en découvrir un où
les petits fussent éclos ; mais la mère, qui
veillait sur eux, paraissait si tendre, si
soigneuse de leurs besoins, qu'Emma ne
voulut pas la priver de ses enfants : ce ne
fut que lorsqu'ils commencèrent à sortir
de leur nid, et lorsque la mère y prit
moins d'intérêt, qu'elle se décida à en
choisir un qui lui sembla le plus beau et
le plus fort.

Ayant rapporté sa charmante capture à

la grotte, elle s'empressa de lui arranger un petit lit de mousse près du bouvreuil, qui, par son amabilité, jouissait déjà de toutes les prérogatives d'un favori. Les autres oiseaux, quoique très bien traités, n'habitaient pas cependant l'intérieur de la grotte; Emma leur avait fabriqué au dehors, dans un creux du rocher, une espèce de volière, fermée par un treillage d'osier, qu'elle leur ouvrait tous les jours, et où ils revenaient à sa voix lorsqu'elle leur apportait leur nourriture.

Azor, quoique ayant eu d'abord assez de peine à s'accoutumer à ses nouveaux compagnons, finit pourtant par vivre avec eux en assez bonne intelligence, parce que sa maîtresse avait grand soin de ne jamais leur montrer devant lui une affection dont il pût être jaloux. Ce bon Azor était un vieil ami dont il fallait ménager la sensibilité, et Emma se serait reproché, comme une faute grave, de lui causer volontairement le moindre chagrin.

Cependant les jours, les mois s'écou-laient sans que la pauvre enfant vît aucune apparence de retrouver son père, et, quels que fussent ses efforts pour éloigner ses craintes et ses déchirants souvenirs, il y avait des instants où ils se réveillaient dans son ame avec une telle vivacité, qu'il lui était impossible alors de jouir des inno-centes distractions qu'elle avait essayé de rassembler autour d'elle. Hélas! c'est que les modifications offertes à une grande douleur n'en détruisent pas les germes.

C'était surtout en faisant le calcul de cette longue suite de jours passés dans l'isolement, que la malheureuse Emma sentait s'éteindre dans son cœur l'espérance qui jusqu'alors l'avait soutenue.

On se rappelle que, dès son arrivée dans l'île, elle avait eu soin d'inscrire sur le baobab la date du 5 mars 1807. Depuis, malgré ses occupations, elle n'avait pas passé un seul jour sans faire un cran au dessous de cette date fatale.

Quand elle put mettre quelque régularité dans sa vie solitaire, elle sentit le
besoin de sanctifier les dimanches, en se
livrant à quelques pratiques de piété, qui
du moins remplaceraient, autant qu'il
était en son pouvoir, celles qu'autrefois
elle avait coutume de suivre; mais, pour
accomplir ce devoir, qu'elle se reprochait
d'avoir négligé d'abord, elle dut faire le
relevé des jours inscrits sur l'arbre, et le
transporter sur une espèce d'agenda formé
exprès pour cet usage, et sur lequel elle
marqua chaque semaine par un trait par-
ticulier.

Déjà il y en avait vingt d'inscrites de
cette manière; et Emma, en examinant
cette longue série de jours et de semaines
passés loin d'un père chéri, et du bon Dominique, s'abandonnait involontairement
à une sombre tristesse, qu'il ne lui était
pas toujours possible de surmonter.

Pour comble de maux, le beau soleil,
dont elle avait joui jusqu'alors dans son

île, pâlit soudain, et disparut ensuite sous de sombres nuages que, durant plusieurs jours, elle vit s'amonceler à l'horizon.

Bientôt ces nuages formèrent au dessus de sa tête une voûte ténébreuse qui la glaça d'effroi; l'air s'épaissit, les oiseaux cessèrent leur doux ramage; toute la nature devint immobile et muette, et la surface des eaux, unie et sans mouvement, se couvrit d'une teinte lugubre qui semblait annoncer une de ces révolutions terribles qui portent au loin la désolation et la mort. Pas une goutte de pluie pour rafraîchir l'atmosphère, pas le plus léger murmure pour rompre cette sinistre immobilité!

Debout, à l'entrée de sa grotte, la jeune solitaire considérait, en frémissant, ce calme plein d'horreur; il lui rappelait les funestes jours qui avaient précédé le désastre du vaisseau où elle était avec son père, et cet affreux souvenir ajoutait encore au profond saisissement de son ame.

Déjà plusieurs heures s'étaient écoulées

7..

dans ce silence de mort, que l'infortunée
osait à peine troubler par ses soupirs,
lorsque tout-à-coup les nuages s'agitent.
De larges gouttes d'eau annoncent que
l'orage a commencé. Alors les voix de la
tempête se font entendre; le tonnerre
gronde, l'éclair sillonne la nue; d'horribles sifflements sortent des antres; un
tourbillon de poussière s'élève, et des
torrents d'eau lui succèdent; le bruit de
la foudre, mêlé à celui des vents, des
arbres et des flots, retentit dans la vallée
avec un épouvantable fracas, et Emma,
la malheureuse Emma est seule au milieu
de ce bouleversement de la nature!... Elle
prie, elle prie de toute son ame; mais une
violente secousse qui ébranle le sol où elle
est à genoux, l'avertit qu'il faut fuir loin
de ces énormes masses de rochers qui menacent de l'ensevelir. Elle fuit donc, et la
peur lui donne des ailes: mais où ira-t-elle
se réfugier? De toutes parts les arbres
déracinés s'entrechoquent au milieu des

flots écumeux qui, en se précipitant des
rochers, inondent la plaine, et le ruisseau qui la parcourt, devenu un torrent
furieux, entraîne tout avec lui.

A cette vue, l'infortunée perd le jugement; mais, conduite encore par cet instinct de conservation qui nous abandonne
rarement au milieu du péril, elle tourne
ses regards du côté du baobab que les eaux
n'ont point encore atteint, et dont l'é-
norme tronc reste immobile au milieu de
l'ouragan.

C'est là que la pauvre enfant va chercher un asile, c'est là qu'elle tombe éperdue sur le lit de feuilles qu'elle y avait
laissé, et que tant de fois elle baigna de
ses larmes. Maintenant elle ne pleure
plus; car la terreur a paralysé toutes les
facultés de son ame, et c'est à peine si
elle entend encore les horribles sifflements
de la tempête. Bientôt, cependant, une
nouvelle secousse qui ébranle l'arbre où
elle s'est réfugiée, les éclats de la foudre

et les sourds gémissements du pauvre
Azor, qui se presse à ses côtés, la font
sortir de cet état d'anéantissement; mais,
cette fois, au lieu de se livrer à des
craintes immodérées, comme celles qui
l'ont frappée d'abord, elle élève sa pensée
vers le Ciel, et soudain ses terreurs dis-
paraissent; elle se souvient que Dieu d'un
seul regard peut arrêter cet affreux bouleversement de la nature, et les prières
qu'elle lui adresse lui rendent le calme
et l'espérance.

Excédée de fatigue et se confiant dans
cette divine Providence, qui déjà avait
sauvé si miraculeusement ses jours, elle
s'endormit au milieu du bruit du tonnerre
et des vents en fureur, et lorsque le lendemain, à son réveil, elle sortit de son
arbre, tout était rentré dans l'ordre; les
eaux s'étaient retirées, la verdure avait
repris son éclatante fraîcheur, et les oiseaux, oubliant leur effroi de la veille,
célébraient par leurs chants le retour du

soleil, qui se montrait radieux à l'horizon.

A ce riant spectacle, Emma offrit à Dieu mille actions de grâces, et courut à la grotte pour s'assurer si aucun éboulement du rocher n'avait détruit ses provisions et tout ce qu'elle appelait ses richesses. Elle songeait aussi aux dangers qu'avaient dû courir ses oiseaux durant l'orage : plusieurs, en effet, étaient morts dans la volière ; mais rien n'avait souffert dans la grotte, et elle y retrouva avec un plaisir extrême son joli bouvreuil et le charmant petit perroquet, qui accoururent vers elle et lui firent mille caresses.

Azor, qui avait partagé toutes ses frayeurs, lui témoignait aussi une grande joie de leur retour, et bondissait devant elle pour obtenir son déjeuner. Dès qu'elle eut satisfait l'impatience de ce fidèle animal, dont elle appréciait mieux chaque jour l'attachement, elle prit elle-

même un peu de nourriture, dont elle
avait grand besoin, et se mit ensuite à
gravir le rocher, pour voir si la tempête
n'aurait pas jeté à la côte quelque bâtiment ou quelque naufragé auquel elle eût
pu porter des secours; mais, comme de
coutume, la pauvre petite ne vit sur le
rivage et sur la vaste étendue des eaux
que l'immense solitude qui toujours portait dans son ame une nouvelle tristesse.

« Comme tout est morne et silen-
cieux! dit-elle, en poussant un profond
soupir. Hélas! le son d'une voix humaine ne viendra-t-il donc plus retentir
à mon oreille? Ah! fût-ce celle d'un sauvage, il me semble que je l'entendrais
avec tant de plaisir!... D'un sauvage,
ai-je dit! non, non; mon Dieu, n'exaucez
pas ce vœu insensé : mon isolement, il
est vrai, est bien affreux, et tous les jours
j'ai plus de peine à m'y soumettre; mais
je souffrirais bien autrement si je tombais

au pouvoir de ces hommes que l'on dit si féroces, et dont la vue seule me ferait mourir de peur.... »

Après ces tristes réflexions, l'infortunée descendit du rocher et reprit ses travaux ordinaires; mais les dangers éprouvés la veille avaient laissé dans son esprit des images lugubres qu'il ne lui était pas possible d'en effacer, et qui dès lors augmentèrent beaucoup sa mélancolie habituelle.

La journée, cependant, se passa assez tranquillement; mais, à dater du lendemain, les pluies commencèrent : l'orage avait été leur avant-coureur, et, bien que la pauvre solitaire se fût attendue à voir arriver cette saison pluvieuse, il lui parut bien dur de devoir se renfermer dans sa grotte, que les rayons du soleil n'éclairaient plus, et qui ne lui semblait qu'une triste prison, où de cruels et déchirants souvenirs la poursuivaient sans cesse, quels que fussent ses efforts pour les éloigner.

Pour comble d'ennui, elle fut obligée
de passer de longues soirées dans une
obscurité complète; car elle n'avait trouvé encore aucun moyen de se procurer
de la lumière, et il lui était impossible
d'allumer du feu dans l'intérieur de la
grotte, sans qu'il s'y répandît une épaisse
fumée qui la faisait horriblement souffrir.

Un soir, cependant, que, plus triste et
plus découragée que de coutume, elle
avait essayé de faire du feu dans le passage
qui conduisait à la caverne, elle remarqua
avec grand plaisir que le vent poussait la
fumée du côté de cette dernière, et elle s'é-
tablit près du foyer, avec l'intention de se
distraire par quelque lecture. Mais avant
que d'ouvrir son livre, elle considéra
d'un œil curieux la variété de couleurs
que reflétait la clarté des flammes sur les
parois du roc, et fut étonnée d'apercevoir
adhérents à leur surface de longs filaments semblables à une belle soie blanche, et se mêlant aux cristaux qui s'y

étaient formés. Ayant tiré l un de ces filaments, que la profonde obscurité du passage l'avait jusqu'alors empêché de voir, elle le présenta au feu, et reconnut l'asbeste flexible ou l'amiante, dont son père lui avait montré plusieurs fragments et lui avait fait lire la description.

Enchantée d'une telle découverte, Emma saute de joie, en songeant que désormais elle ne sera plus forcée de vivre dans cette obscurité qui la plongeait dans un si profond ennui; car elle avait de l'huile de tortue; et cette précieuse amiante, dont elle avait ignoré jusqu'alors l'existence si près d'elle, lui fera des mèches de toute grosseur, au moyen desquelles elle pourra lire, écrire ou travailler, soit à ses vêtements, soit à la fabrication de quelque meuble ou ustensile de ménage.

Le premier essai qu'elle en fit aussitôt lui réussit complètement, et elle se sentit si heureuse d'avoir de la lumière dans sa grotte, qu'elle ne pouvait se lasser de

la regarder, et qu'elle prolongea sa lecture assez avant dans la nuit.

S'étant éveillée le lendemain matin
beaucoup moins triste qu'à l'ordinaire,
elle regarda avec une vive satisfaction sa
lampe, qui brûlait encore, et songea en
même temps à exciter son chien à aller à
la recherche des tortues, afin d'augmenter
sa provision d'huile. Le bon Azor ne se
fit pas prier; car il avait un zèle et une
soumission si parfaite pour sa maîtresse,
qu'elle n'avait qu'à commander pour qu'il
bravât toutes les difficultés.

Emma aussi, à dater de cet instant,
redoubla d'activité et de goût pour ses
occupations domestiques. Depuis long-
temps elle avait formé le projet de se fabriquer quelques vaisseaux de terre, dont,
à chaque instant, elle sentait plus vivement la privation; car les écailles de tortue et les cocos ne pouvaient suffire à
tous les besoins de son ménage; mais le
mauvais temps qui était survenu, et plus

encore le découragement qui s'en était
suivi pour elle, lui avait fait retarder
cette confection si utile. Elle dut néanmoins, avant de s'en occuper sérieusement, commencer par se faire une robe
avec les peaux qu'elle avait soigneusement amassées ; car son vêtement tombait
en lambeaux, et il lui en fallait nécessairement un autre pour aller chercher, pendant les pluies abondantes qui se succé-
daient sans cesse, l'argile dont elle avait
besoin, et qui se trouvait, selon sa remarque, sous des rochers, à une grande
distance de sa demeure.

Quant à ses souliers, ils étaient aussi
complètement usés, et elle dut s'en faire
de nouveaux ; mais, quelque soin qu'elle y
apportât, il n'était pas possible qu'elle
marchât sur la terre trempée avec cette
chaussure qui n'était bonne que pour l'intérieur de la grotte et pour les temps secs.

Comment faire cependant ? marcher
pieds nus au milieu de ces herbages tout

mouillés, était bien pénible, et elle eut
d'abord une grande peine à s'y décider:
on se familiarise si difficilement avec les
exigences de la misère! Mais, on l'a vu,
Emma était douée d'une résignation et
d'une force de caractère peu communes à
son âge; elle finit bientôt par se soumettre
à cette nouvelle épreuve. Combien pourtant n'eut-elle pas à souffrir en parcourant
un terrain inégal et fangeux, où elle ren-
contrait presqu'à chaque pas, à la surface
du sol, soit une racine noueuse, un caillou aigu, ou quelque plante garnie de
ronces!

O vous, enfants de l'opulence, dont les
pieds délicats n'ont presque jamais foulé
qu'un tapis moelleux ou une pelouse de
verdure symétriquement arrangée par un
jardinier habile! ne plaindrez-vous pas
cette pauvre Emma qui, les pieds nus et
ensanglantés, va péniblement chercher au
loin, par une pluie abondante et froide, une
énorme charge d'argile qu'elle rapporte

sur sa tête, dans la seule vue de fabriquer
quelques misérables vaisseaux de terre
dont vos yeux se détourneraient peut-être
avec dédain? Ah! si, comme j'aime à le
croire, vous n'êtes pas insensibles à la situation de cette infortunée, que son exemple vous rappelle du moins que la plus
douce vie peut se changer tout-à-coup en
une vie pleine de sacrifices, de douleurs
et de misères; que les plus hautes som-
mités sociales ne sont pas exemptes de
ces tristes métamorphoses, et que la sa-
gesse est de s'y préparer en se rapprochant
des malheureux, et en cherchant à adoucir leurs maux par des bienfaits qui soient
un doux souvenir pour le temps de l'adversité.

Mais je reviens à mon Emma et à ses
vaisseaux de terre. Assurément il n'est pas
d'homme d'état traçant la ligne politique
qu'il veut suivre; il n'est pas de général
formant le plan de campagne qu'il veut
adopter, qui mette plus de gravité dans

son travail, qu'elle n'en mit dans ses réflexions sur celui qu'elle voulait entreprendre. Elle avait la matière première,
et souvent elle avait vu chez un potier
de terre des environs du château qu'elle
avait habité, de quelle manière on s'y
prenait pour fabriquer la poterie; mais
autre chose est de voir faire ou d'exécuter
soi-même : elle n'avait d'ailleurs ni four,
ni fourneau pour la cuisson de ces vases,
ni oxide de plomb pour les vernir et les
rendre imperméables. Ne se décourageant
pas toutefois, et étant parvenue à former
avec son argile plusieurs vaisseaux, elle
les mit d'abord sécher pendant quelques
jours à une certaine distance du feu dans
le passage de la caverne, puis elle les
exposa au milieu des cendres, à un feu
plus vif, dont elle augmenta graduellement
la chaleur, et elle eut enfin la satisfaction
de voir sa cuisine enrichie d'une petite
terrine, de trois poêlons, de deux cruches,
d'un plat et de deux pots à l'eau, sinon

parfaitement exécutés, du moins beaucoup
mieux cuits qu'elle n'eût osé s'en flatter.

Ce premier essai, qui lui coûta des
peines infinies et qui lui prit un temps
considérable, l'engagea toutefois à recommencer sur nouveaux frais; car ces vases,
qu'elle devait à son industrie, lui semblaient d'une si grande commodité qu'elle
eût eu un chagrin extrême d'en casser un
seul; et, ne pouvant compter sur leur so-
lidité, puisqu'ils manquaient du vernis
nécessaire, elle voulut en multiplier assez
le nombre pour n'en être pas privée.

Passée maîtresse en fait de poteries,
elle voulut aussi essayer ses talents dans
un autre genre. Depuis long-temps elle
désirait un siége et une table : pour se
procurer ce dernier objet, il fallait sacrifier la caisse où était renfermé le reste
de la provision de biscuit soigneusement
conservée; mais une corbeille faite avec
des branches de saules pouvait très bien
recevoir cette provision. Emma, devenue

habile dans l'art du vannier, se mit donc
à l'ouvrage, et disposa ensuite d'une partie de la caisse pour former le dessus de
sa table, qu'elle cloua tout simplement sur
quatre pieux bien égaux. Une petite natte
de joncs, également assujettie sur quatre
autres pieux, lui forma un tabouret fort
grossier sans doute, mais sur lequel elle
put du moins s'asseoir plus commodément
qu'elle ne l'avait fait jusqu'alors, et c'é-
tait là où se bornaient toutes ses préten-
tions.

Pendant que sa maîtresse travaillait
ainsi, Azor, le bon et fidèle Azor ne restait pas oisif; et jamais pourvoyeur de
bonne maison ne mit plus de zèle et d'activité pour satisfaire la sensualité de ses
maîtres, qu'il n'en mettait pour approvisionner la cuisine de sa maîtresse. Ainsi,
ne se bornant plus à la chasse des tortues
et des cabiais, il rapportait souvent à la
grotte de jeunes vigognes et d'autres animaux, dont Emma ignorait le nom, mais

dont la chair lui fournissait quelquefois les mets les plus délicats, et en même temps de belles fourrures qu'elle faisait toujours sécher avec un soin extrême.

De cette manière, la saison des pluies, qui d'abord lui avait paru fort insipide, se passa, sinon agréablement, du moins très utilement pour l'intérieur de son ménage; et, comme ordinairement l'ennui chez un être sensé ne résiste guère à une occupation soutenue, Emma vit les jours s'écouler sans les compter avec trop d'amertume, et le beau temps revint sans qu'elle eût à se reprocher la perte d'un seul instant.

Ce fut en novembre que l'horizon s'éclaircit et que reparut le beau soleil que tant de fois elle avait admiré; et comme il n'y eut ni tonnerre ni ouragan qui annonçât ce changement soudain, elle put jouir paisiblement des nouvelles richesses que la nature déploya sous ses yeux, et

8

reprendre ses promenades ordinaires avec
son fidèle compagnon.

Ah! si quelqu'un fût arrivé inopiné-
ment dans l'île, de quel étonnement n'eût-
il pas été frappé en voyant cette jeune
fille, à la taille élégante et gracieuse, vêtue
d'une robe de peaux de toutes couleurs,
mais disposées avec goût, portant sur sa
tête un chapeau de paille qui laissait apercevoir des traits brunis, il est vrai, par
l'ardeur du soleil, mais pleins de cette
délicatesse, de cette touchante expression qui annoncent la sensibilité la plus
exquise, et une élévation de caractère que
rien ne peut abattre, et que pourtant la
religion a su ployer à tout.

Oui, telle était Emma à quinze ans; et
si son extérieur annonçait toutes ces qualités, assurément ses sentiments et ses actions ne le démentaient pas; il eût été impossible de la voir sans l'admirer, sans la
chérir, sans désirer d'être sa sœur, son

amie, ou sa mère. Mais, hélas! toutes ces qualités, que l'on trouve si rarement réunies dans un seul être, se trouvaient enfouies au fond d'un désert, et elles ne pouvaient servir au bonheur de personne..... Au bonheur de personne, ai-je dit? Non, sans doute; mais elles servaient à lui faire trouver des ressources dans une situation à laquelle mille autres à sa place n'eussent trouvé d'autre remède que la mort; elles servaient enfin à lui mériter les bénédictions célestes, qu'elle ne cessait d'implorer, et la paix du cœur, que jamais on n'acquiert que par la vertu.

Déjà elle a triomphé de toutes les petites faiblesses de son âge et de son sexe. Ainsi, elle a supporté la douleur, l'effroi, la faim, la soif et toutes les incommodités du lieu où elle se trouve; maintenant elle ne craint plus d'entreprendre des travaux qu'elle n'a vu pratiquer autrefois que par des gens qui y étaient entièrement exercés. Elle y devient même industrieuse et

8.

habile, et ne s'aperçoit plus de la fatigue qu'ils lui donnent ; elle brave impunément la chaleur, la pluie, le vent, la froidure, et sait se passer des vêtements assortis aux saisons. Sans doute, ses guêtres, ses souliers et sa robe de fourrure lui paraissent quelquefois bien incommodes ; mais elle a déjà tant souffert, que cette souffrance-là lui semble supportable : en un mot, elle a tiré du malheur et de la nécessité d'utiles leçons, qu'elle met sagement en pratique, parce qu'elle sait qu'il faut éprouver ici-bas des amertumes pour obtenir du Ciel la récompense promise à la résignation et au courage.

Pendant tout le temps qu'avait duré sa réclusion forcée dans la grotte, Emma n'avait pas non plus négligé de s'instruire; car, outre le goût naturel que, dès sa plus tendre enfance, elle avait eu pour l'étude, l'espérance qu'elle conservait toujours de retrouver son père, lui donnait un double désir de ne rien perdre de tout ce qu'elle avait appris. A moins donc qu'elle ne fût trop pressée pour quelques travaux de ménage, elle étudiait chaque jour un peu la grammaire française, et apprenait par cœur quelque morceau de littérature, qu'elle avait soin de lire et de répéter à haute voix, afin de ne pas perdre la faculté de s'exprimer avec pureté.

Ayant commencé dans le vaisseau l'étude de la langue espagnole, elle la continua aussi dans la solitude, en suivant exactement la méthode que lui avait donnée son père; et l'application et la patience qu'elle apporta dans cet exercice, remplacèrent les leçons qui lui manquaient.

Le dessin et la musique furent suivis également avec une grande assiduité, et beaucoup de jeunes personnes de son âge eussent pu envier ses progrès dans ces deux arts si précieux pour celles qui aiment à se créer des distractions indépendantes du monde.

Souvent la studieuse solitaire se plaisait à dessiner quelque joli point de vue de sa vallée, et surtout à y faire retentir ses chants mélodieux accompagnés de la guitare : alors les oiseaux, volant en foule autour d'elle, s'efforçaient de répéter en chœur les sons qu'ils entendaient, et leur empressement l'encourageait à prolonger ces études pleines de charme.

Quelquefois cependant la pauvre petite, faisant un pénible retour sur son malheur, se taisait tout-à-coup, et promenait autour d'elle un regard rempli de mélancolie. Cette immense solitude, dont le silence ne semblait avoir été troublé jusqu'alors que par le chant des oiseaux et les siens, avait quelque chose de si morne, de si grave, de si imposant, que son ame en était profondément attristée.

CHAPITRE VII.

Le plaisir de faire du bien nous paie
comptant de notre bienfait.

MASSILLON.

Déjà une année s'était passée dans ce
cruel isolement, et, mieux que jamais,
Emma, qui n'avait plus rien de la légèreté
de l'enfance, sentait que si les distractions
du monde parviennent quelquefois à mo-
difier les grandes douleurs, il ne saurait
en être ainsi dans la solitude : là le temps,
loin de s'enfuir, résonne triste et lugubre
au cœur de l'infortuné qui le sent passer
et le mesure en frémissant. Chaque jour
Emma compte celui qui s'est écoulé, et
chaque jour sa pensée s'arrête avec plus
d'amertume sur celui qui doit s'écouler
encore, avant qu'elle retrouve son père et
l'ami de son enfance.

Toujours soumise cependant à la volonté du Ciel, elle ne murmure point, elle redouble d'activité dans ses travaux, parce qu'elle a remarqué que les exercices multipliés auxquels elle se livrait depuis le retour de la belle saison, l'aidaient puissamment à vaincre sa tristesse habituelle. Elle résolut même de prolonger ses courses et d'explorer quelques-uns des rochers qu'elle n'avait point encore osé gravir.

S'étant fait un arc et des flèches avec de longues épines très dures, provenant d'un arbre qui ressemblait à l'acacia, elle prit un matin cette arme pour être à même d'aider son bon Azor, s'il leur arrivait de rencontrer quelque bête malfaisante; et munie aussi de provisions, dont elle lui donna la moitié à porter, elle s'achemina du côté des rochers qui étaient à gauche de sa demeure : c'étaient les plus élevés; mais ils offraient en plusieurs endroits une pente assez douce et de larges sinuosités, formant

comme des espèces d'échelons, où les
pieds pouvaient se placer. Enfin, après
avoir curieusement parcouru ces rochers,
où les accidents de la nature se multipliaient à chaque pas, elle arrive au sommet, et, se tournant du côté opposé à la
vallée, elle reconnaît, avec un nouveau
sentiment de gratitude, que la Providence
l'a conduite dans la partie la plus riante et
la plus fertile de l'île. Il n'y avait en effet au
delà que des buissons, quelques bouquets
de bois traversés par une petite rivière
alimentant sous le roc le ruisseau de la
vallée, et des landes qui avoisinaient le
rivage de la mer, et donnaient à toute
cette contrée un aspect sauvage qui portait dans l'ame une profonde mélancolie.

« Que serais-je devenue, ô mon Dieu !
si vous m'eussiez abandonnée sur cette
plage déserte ! s'écria Emma en considé-
rant ces tristes lieux. Quelle différence
avec ma jolie vallée, où je ne puis faire un
pas sans rencontrer quelque nouvelle ri-

chesse, où le chant des oiseaux récrée
mon cœur, où des arbres touffus et toujours verts me prêtent sans cesse leur
doux ombrage! Oh! c'est aujourd'hui plus
que jamais que je sens tout le prix des
bienfaits dont vous avez daigné me combler dans ma misère! »

Tandis qu'elle rendait au Ciel ce nouvel
hommage de reconnaissance, Azor, qui
avait déposé son panier de provisions, et qui
s'était mis à parcourir les rochers, accourut
soudain vers elle en aboyant de toutes ses
forces et en gesticulant, comme s'il apercevait quelque chose d'étrange. Étonnée
de ses cris et de ses mouvements extraor-
dinaires, Emma suit avec anxiété la di-
rection des regards de son fidèle compagnon, et tend son arc en frissonnant; car
elle craint que ce ne soit la vue de quelque
animal féroce qui le jette dans une telle
agitation; mais qu'on se peigne celle dont
elle-même fut saisie, lorsqu'elle aperçut,
sortant d'un bouquet de bois, à quelque

distance du rocher, une femme et une enfant qui, ayant levé les yeux aux aboiements du chien, la voient elle-même,
tombent à genoux, et lui tendent les bras
en implorant son secours.

L'une et l'autre, les cheveux en désordre, et n'ayant que des lambeaux pour
cacher leur nudité, étaient d'une mai-
greur effrayante : la femme surtout paraissait si malade et si faible, que vainement elle essaya d'articuler quelques mots
pour se faire entendre d'Emma, qui, dans
son saisissement, était restée immobile sur
la pointe du rocher d'où elle les avait
aperçues.

« Maman! prenez pitié de maman! »
crie la petite fille, en montrant sa mère.
A ces mots prononcés en français, Emma,
n'écoutant plus que son cœur, ramasse l'un
des paniers où sont les provisions, donne
l'autre à Azor, auquel elle est parvenue à
imposer silence, et, mesurant de l'œil le
revers du rocher, elle se hasarde à le

descendre, bien qu'il soit infiniment plus
escarpé que du côté de la vallée, et se
trouve au bout de quelques instants près
des deux infortunées, qu'elle reconnaît
aussitôt pour ses compagnes dans le vaisseau et dans la chaloupe.

« Quoi! c'est vous! c'est vous madame!
c'est toi, chère Henriette! s'écrie-t-elle en
les pressant tour à tour dans ses bras.
Ah! parlez, parlez! dites-moi ce que je
puis faire pour vous secourir...

— Chère Emma! mon enfant a faim!
dit la mère d'une voix à peine articulée.

— Elle a faim! pauvre petite! Tiens,
prends, voici du biscuit, de la viande,
des dattes, du raisin; et vous, madame,
prenez, prenez aussi! Oh! que je suis heureuse!... »

L'enfant s'était jetée avidement sur la
nourriture qu'Emma se pressait d'étaler
à ses yeux; mais madame Duval, quoique
mourante, rassembla toutes ses forces pour
lui en retirer une grande partie. « Chère

enfant! tu périrais si tu mangeais de toutes ces choses, lui dit-elle; il y a si long-temps que tu n'as rien pris.... »

Emma pleurait à chaudes larmes en voyant un tel excès de misère; et, se souvenant qu'Azor avait dans son panier des vases de coco pleins d'eau sucrée et de bouillon de tortue, elle les présente à la pauvre femme qui, ayant avalé quelques gouttes de bouillon, appelle son enfant pour lui en donner aussi, et dit ensuite à sa jeune bienfaitrice :

« J'allais mourir avec une pensée bien cruelle; je laissais ma fille sur cette terre de douleur; mais maintenant que Dieu, touché de mes larmes, vous a envoyée à moi, comme un ange tutélaire, je ne crains plus rien pour elle; mon dernier soupir sera moins affreux....

— Votre dernier soupir! s'écrie Emma avec effroi, que dites-vous, madame? Ah! laissez-moi espérer que votre enfant et moi nous n'aurons pas un tel malheur.

Hélas! que deviendrais-je s'il fallait vous
perdre après vous avoir retrouvée? Ne
savez-vous pas qu'ils m'ont enlevée à mon
père; que depuis un an je suis seule dans
cette île?

— Du moins, reprit la femme mourante,
vous y avez découvert des ressources qui
m'ont totalement manqué; et Dieu, en
vous sauvant des flots et en protégeant
votre existence, avait sans doute ses desseins sur vous; il voulait vous charger
d'une pauvre petite créature qui, tout-à-
l'heure, sera orpheline... Emma! recevez
ce dépôt sacré qu'une mère vous confie;
prenez cette enfant, conduisez-la dans le
lieu où vous avez vécu, où vous avez
trouvé toutes ces choses; devenez son
appui, son guide : le Ciel vous bénira; il
vous fera retrouver votre père.....

— J'ai besoin de cette espérance, interrompit Emma, suffoquée par ses sanglots; mais vous, madame, pourquoi
désespérer de votre vie? j'ai dans la

vallée près d'ici de quoi vous nourrir avec votre chère petite ; je redoublerai de soins et de travail pour que vous n'y manquiez de rien ni l'une ni l'autre.... Oh! prenez, prenez courage, je vous en conjure!

— Bonne Emma! je voudrais qu'il me fût donné de répondre à vos vœux, dit l'infortunée, en poussant un profond soupir; mais, vous le voyez, le chagrin et le manque de nourriture ont consumé mes jours; ils sont entièrement épuisés, je le sens; toutefois ne parlons plus de ce triste événement, que j'attendrai maintenant avec plus de tranquillité; laissez-moi mettre les instants à profit pour jouir de votre vue, si douce, si consolante : dites-moi comment vous êtes échappée de l'abîme où je vous crus engloutie, et comment vous avez vécu depuis notre commun désastre. »

Alors Emma, quoique de plus en plus épouvantée de l'état déplorable et des tristes prévisions de cette femme si malheureuse, lui raconta de quelle manière son fidèle Azor l'avait sauvée, comment elle avait trouvé la grotte et la vallée, et toutes les alternatives de crainte, de douleur et d'espérance qu'elle y avait éprouvées. Madame Duval l'écouta avec un intérêt toujours croissant; car elle songeait avec un inexprimable bonheur que son enfant allait avoir pour appui un ange de vertu, qui lui donnerait l'exemple du courage et de la résignation. Tenant les mains de la charmante fille serrées dans les siennes, elle les portait tantôt sur son cœur, tantôt sur ses lèvres décolorées; et, voyant qu'elle désirait connaître à son tour de quelle manière elle avait été amenée dans l'île, elle rassembla toutes ses forces, et lui dit :

« Vous vous souvenez trop bien de nos craintes dans le navire durant l'affreuse tempête, pour que je sois obligée de vous les rappeler; mais, ce que vous ignorez,

chère Emma, c'est comment je me trouvai
avec vous dans la chaloupe. Hélas! c'est
au mouvement de désespoir qui me fit
vous suivre, que je dois les maux qui
m'ont accablée dans ce désert avec ma
malheureuse enfant.

« J'étais, vous le savez, couchée près
d'elle et de vous, lorsque le matelot, par
un funeste zèle, vint vous enlever de la
chambre; je l'entendis vous dire que le
bâtiment allait sombrer, et qu'il ne restait
plus qu'une seule embarcation dont ses
camarades et lui s'étaient emparés. Alors,
saisissant ma fille dans mes bras et n'é-
coutant que ma terreur, je suivis les pas
de cet homme, et, descendant avec lui
dans la barque, j'obtins des matelots qu'ils
m'emmenassent avec vous. Vous n'étiez
pas alors en état de m'entendre; vos cris,
vos gémissements me firent remarquer
l'absence de votre père; mais les lames
d'eau qui fondirent sur la chaloupe et la
poussèrent impétueusement loin du na-

vire m'empêchèrent d'insister pour qu'on
l'emmenât. Je dois le dire, quelque pénible que soit un tel aveu, bientôt je ne son-
geai plus qu'au péril de mon enfant, et je
ne m'aperçus même que la vague vous avait
enlevée d'auprès de moi que quand les
matelots, entraînés par un mouvement
d'humanité, poussèrent des cris, et s'ef-
forcèrent de lutter contre les ondes pour
vous sauver....

« Hélas! tout fut inutile, et ces hommes
qui venaient de trahir leur devoir en aban-
donnant leurs chefs et les malheureux passagers qui étaient à bord, trouvèrent beaucoup plutôt qu'ils ne le pensaient la
punition de leur crime. Une vague, plus
furieuse que toutes celles qui nous avaient
assaillis, fondit sur le frêle esquif, et l'en-
gloutit au même instant : nous tombâmes
tous à la mer, et le flot m'apporta seule sur
le rivage, avec ma pauvre enfant que j'a-
vais tenue serrée contre mon sein....

« Le lendemain, j'aperçus des cadavres

sur le sable, continua l'infortunée : c'é-
taient ceux de mes compagnons; mais je
n'eus pas le courage de disputer à la mer
leurs tristes dépouilles; la marée montante les fit disparaître.... Je n'entrepren-
drai pas de vous peindre mon désespoir
après cet affreux événement; celui que
vous avez éprouvé vous-même peut aisément vous le faire deviner. Cependant,
non, vous ne sauriez concevoir toutes
mes douleurs, toutes mes angoisses : quand
on est mère, chère Emma, on a deux ames
pour souffrir, et les maux de mon enfant
furent si cruels, que je ne comprends pas
comment jusqu'ici j'ai pu, sans mourir, en
être le témoin.

« Ce côté de l'île, où le malheur m'a conduite, ne m'offrit d'autres ressources que
des coquillages, quelques œufs de tortues,
et des glands que je ramassai sous ces
chênes qui me servirent d'ombrage. La
crainte des animaux féroces, celle des
sauvages que je pourrais rencontrer, et,

plus encore, l'extrême faiblesse où me ré-
duisit bientôt la fièvre qui me dévore depuis un an, m'empêchèrent de pousser plus
avant mes recherches et de gravir ces
rochers; je ne trouvai même aucun moyen
de me procurer du feu; et lorsque la saison pluvieuse me surprit dans cette horrible situation, je sentis que je ne résis-
terais pas à l'excès de mes maux. Peut-être,
hélas! ai-je manqué de résignation pour
obtenir du Ciel qu'il les adoucît : je lui
adressais mes plaintes et non mes prières;
il ne m'a point écoutée, et, depuis, mon
état empira à tel point, que souvent je
n'eus pas la force de me traîner jusqu'au
bord de la mer pour chercher la subsis-
tance de mon enfant, ou jusqu'à la rivière pour étancher la soif qui dévorait
mes entrailles.... Depuis hier matin, chère
Emma, je n'avais rien pris. Couchée sous
ces arbres, j'attendais la mort, lorsque
tout-à-coup les aboiements de votre chien,
dont la surveillance fut sans doute éveil-

lée par les gémissements de ma pauvre petite, m'arrachèrent à mon anéantissement. Craignant quelque nouveau danger, ou plutôt inspirée par le Ciel, je m'efforçai de sortir de dessous les arbres pour voir d'où partaient les aboiements, et aussitôt je vous aperçus au sommet du rocher. La distance, le changement de votre taille, et votre vêtement, m'empêchèrent d'abord de vous reconnaître ; mais c'était un être humain qui m'apparaissait, je ne doutai point qu'il ne me fût envoyé par Dieu lui-même, et je tombai à genoux pour implorer son secours.

« Voilà, chère Emma, continua la malheureuse mère d'une voix presque éteinte, tous les détails que ma faiblesse me permet de vous donner sur ma déplorable existence dans ce lieu. Maintenant, laissez-moi mettre les instants à profit pour vous faire une dernière recommandation sur ma fille. Si, comme je l'espère, vous sortez un jour avec elle de cette île déserte, n'a-

bandonnez cette innocente créature que
lorsque vous l'aurez remise entre les bras
de son père... Voici un portrait, ajouta l'infortunée, en détachant de son cou un large
médaillon : c'est celui de mon mari, vous
connaissez son nom : j'allais le joindre à
Buénos-Ayres. Alors j'espérais le bonheur :
aujourd'hui tout est fini pour moi... Vous
lui direz, bonne Emma, que je mourus en
songeant à lui, en bénissant notre chère
Henriette !... »

Ici la pauvre mère s'arrêta ; ses forces
étaient entièrement épuisées par l'effort
qu'elle venait de faire ; une sueur froide
ruisselait sur son front ; mais ayant pris
un peu d'eau sucrée, elle fit un nouvel
effort sur elle-même, et demanda à être
conduite dans une des cavités du rocher
où elle faisait habituellement sa demeure.
Elle voulait éviter ainsi à sa jeune bienfaitrice le soin de l'y porter après sa mort,
qu'elle sentait bien n'être pas éloignée,
et, quelque douloureuse que fût cette

pensée, elle eut le généreux courage de ne point la dire à Emma, qui, ne la devinant pas en ce moment, s'empressa de courir à la caverne dont l'entrée était très étroite, et ayant ramassé à la hâte, sous les arbres qui l'avoisinaient, de la mousse et une grande quantité de feuilles sèches, elle en forma un bon lit à la malade, et l'y conduisit ensuite avec la plus tendre sollicitude.

Pendant qu'elle prenait tous ces soins, la jeune Henriette, qui était douée d'un excellent naturel, la suivait et l'aidait de son mieux : on eût dit qu'elle comprenait toutes ses obligations envers elle, et qu'elle sentait que bientôt elle n'aurait plus d'autre appui sur la terre.

« Oh! que tu es bonne! lui disait-elle, de m'avoir donné à manger; j'avais si faim! et puis tu as fait un bon lit à maman. Quand je serai grande comme toi, je lui en ferai toujours de pareils.... Es-tu bien, chère maman? Mon Dieu! comme tu es

pâle! Ah! n'aie plus de chagrin, ton Henriette n'a plus faim du tout; mais dis-lui
donc quelque chose.... »

La pauvre mère versa des larmes, et ne
put répondre à ce tendre appel.

Emma, le cœur brisé, considérait en
silence ce déchirant tableau, et cherchait
dans son esprit quelque moyen de soulager celle qu'elle eût été si heureuse de
conserver à la vie. Agenouillée près d'elle,
elle s'efforçait de réchauffer ses mains gla-
cées dans les siennes, et elle voulut même
se dépouiller de sa robe de peau pour la
couvrir; mais madame Duval s'y opposa
absolument, et ayant ensuite fait signe à
sa fille de s'éloigner un peu, elle dit très
bas : « Chère Emma, je suis bien, ne vous
tourmentez pas ainsi; priez seulement
pour une infortunée qui vous devra une
douce pensée à son heure dernière. La mort
n'a plus rien qui m'effraie; car, je vous
l'ai dit, je vois en vous un ange envoyé
du Ciel, qui, sans doute, a voulu m'an-

noncer ainsi sa miséricorde.... Écoutez, continue-t-elle en la regardant avec une expression indéfinissable ; la journée s'avance, lorsque vous aurez prié pendant quelques instants, amenez-moi ma fille, que je l'embrasse encore ; puis promettez-moi de vous en aller avec elle et de ne plus revenir ici : vous n'y éprouveriez que des émotions pénibles qui ne sont pas faites pour votre âge ; il faut les éviter, il faut vous conserver pour mon enfant....

— Que je vous quitte ! interrompit Emma hors d'elle-même ; ah ! madame, n'exigez pas de moi une telle action ; je vais prier pour vous de toute mon ame ; mais vous quitter, vous abandonner dans cet état de faiblesse ! oh ! non, non.... Pourquoi d'ailleurs désespérer de vous rétablir ? Demain, si vous êtes un peu mieux, j'irai à ma grotte chercher de quoi vous faire quelque boisson adoucissante, et peut-être aurai-je ensuite le bonheur de vous y conduire avec cette chère enfant, à laquelle, dans tous les cas, je vous promets de me dévouer. »

Profondément émue, la mourante ne put répondre; mais un tendre et douloureux regard assura Emma qu'elle cédait à ses instances et qu'elle recevait sa promesse.

La nuit qui survint bientôt fut assez calme. Emma la passa presque tout entière à genoux; mais sur le matin, elle se sentit si abattue et si fatiguée qu'elle fut contrainte de s'étendre à côté de l'enfant à qui elle avait aussi arrangé un lit de feuilles nouvelles, et elle s'y assoupit pendant quelques instants.

Quand elle s'éveilla, c'en était fait; madame Duval avait cessé de souffrir : Henriette n'avait plus de mère....

Ce ne fut pas sur-le-champ que la pauvre Emma s'aperçut de ce malheur. A son âge on reconnaît difficilement les signes de la mort; à peine même croiton à la possibilité de cette mort si terrible. Cependant madame Duval lui avait annoncé la sienne d'une manière si positive, que bientôt elle finit par ne plus se faire illusion.

Frappée alors d'une terreur soudaine, elle frémit, et n'ose plus jeter les yeux sur ce cadavre, dont tout à l'heure encore elle pressait la main glacée.... Ses genoux fléchissent; elle sort en chancelant de la caverne et tombe éperdue au pied d'un arbre. Mais bientôt le souvenir de l'enfant qu'elle a laissée endormie la rappelle à elle-même.

« Pauvre petite! dit-elle, tu n'as plus de mère, et je t'oubliais! O mon Dieu! donnez-moi le courage de rentrer dans cet antre, devenu un tombeau! »

Se relevant alors, elle va, en frémissant, enlever Henriette dans ses bras; revient la déposer au pied de l'arbre, et, se sentant plus forte après cette action, qui lui a coûté le plus pénible effort, elle

9.

retourne se mettre en prière à l'entrée de la caverne, jusqu'à ce que le réveil de l'enfant l'arrache à ce pieux devoir.

Pressée de lui donner à déjeuner, elle visita ses provisions, et vit qu'il lui en restait assez pour qu'elle ne fût pas obligée d'abandonner ce jour même la dépouille mortelle de l'infortunée qu'elle croyait entendre encore lui recommander sa fille; mais, voulant ménager la sensibilité de celle-ci, elle lui laissa croire que sa malheureuse mère reposait, et l'enfant, heureuse de cette pensée, et ne recevant d'ailleurs que des caresses et des soins de sa jeune amie, se soumit sans murmure à demeurer sous le feuillage, où elle se mit à folâtrer avec Azor, tandis qu'Emma alla prier près de l'antre.

Quand la nuit vint, il fallut chercher un abri à quelque distance sous les rochers; mais jamais nuit ne parut plus affreuse à Emma; malgré l'abattement que

lui avaient donné tant de secousses, il lui
fut impossible de dormir une seule minute,
et reconnaissant enfin qu'elle ne pourrait
prolonger de si cruelles émotions sans
compromettre sérieusement sa santé, elle
alla dès l'aube du jour s'agenouiller pour
la dernière fois à l'entrée de la funeste
caverne ; la boucha avec des branches
d'arbres et des broussailles, et prenant
ensuite Henriette endormie dans ses bras,
elle l'emporta du côté du rivage de la
mer, par où elle supposait qu'il lui serait
plus facile de rejoindre sa grotte, qu'en
gravissant les rochers.

CHAPITRE VIII.

> *Rien ne prépare deux âmes à l'amitié*
> *comme la ressemblance des destinées,*
> *surtout quand ces destinées ne sont pas*
> *heureuses.*
>
> M. DE CHATEAUBRIAND.

Il serait difficile de peindre les divers sentiments qui remplissaient le cœur d'Emma en s'éloignant ainsi avec l'enfant que la Providence venait de lui confier. Enfin elle ne sera plus seule : un petit être charmant va occuper sa vie ; il l'entendra, lui répondra ; ses émotions, ses peines, ses plaisirs, tout sera partagé ! Mais hélas ! quel déchirant souvenir viendra altérer cette douce jouissance ! Cette femme infortunée, cet affreux tableau de la mort, qu'il n'est plus possible d'effacer de sa mémoire !....

« Pauvre mère ! tu ne la verras plus cette chère enfant que tu m'as tant recommandée, disait-elle tout bas ; tu n'auras plus le bonheur de la serrer dans tes bras ; mais je l'aimerai pour toi et pour moi ; je lui apprendrai à bénir ton nom ; je la soignerai comme tu le ferais toi-même.... Je tâcherai d'éloigner d'elle le besoin et la douleur.... » Et en disant ces mots, elle pressait de ses lèvres les joues flétries de l'innocente créature, qui, en s'éveillant, lui demanda sa mère.

« Ta mère ! répéta Emma, ta mère...... elle est allée demander à Dieu de nous bénir, de nous faire sortir de cette île.... En attendant, je vais te conduire à ma grotte, où elle m'a ordonné de te garder ; là, tu ne souffriras plus de la faim ; je te soignerai, je t'aimerai comme si tu étais ma sœur. »

— Dans ta grotte, avec toi, oh ! je serai bien contente ; mais allons chercher maman, je veux qu'elle y vienne avec nous.

— Ne dis pas je veux, chère Henriette ;

car ce que tu demandes est impossible : nous ne pouvons rien sur la terre sans la volonté de Dieu, qui est notre père, notre bon père à tous.... Si tu le pries, si tu te soumets toujours à lui, il exaucera tes prières ; il te rendra heureuse et ta mère aussi. »

L'enfant se tut pendant quelques minutes, et dit ensuite : « Est-ce que maman est guérie ?

— Elle ne souffre plus, je l'espère....

— Quand viendra-t-elle nous chercher ? »

Ici Emma, plus embarrassée, plus pénétrée que jamais, la reprit dans ses bras, et lui répondit avec une indicible tendresse : « Chère Henriette ! ne me fais plus de questions, je t'en conjure ; je ne puis te dire quand nous sortirons de ce lieu ; c'est de Dieu seul que doit venir notre délivrance. »

En achevant ces mots, elle chercha à la distraire en lui montrant Azor, qui, joyeux sans doute de quitter le sol aride où il s'était ennuyé, avait pris les devants et revenait en faisant mille bonds pour annoncer à sa maîtresse la découverte d'une tortue.

Bientôt, en effet, elle en trouva une sur le sable, qu'il avait mise hors d'état de lui échapper. Elle la ramassa avec plusieurs œufs qu'elle découvrit aux environs, se promettant de les faire cuire à son arrivée; mais la route à parcourir était beaucoup plus longue qu'elle ne l'avait cru, parce que les rochers qu'il fallait tourner s'étendaient fort loin sur le rivage : elle dut faire halte bien des fois à cause de l'enfant, et chercher des huîtres pour lui donner à déjeuner. Ayant ensuite pris le parti de l'emporter sur son dos, elle parvint jusqu'à la caverne qui servait d'entrée au passage obscur, et revit enfin sa grotte, sa vallée, ses oiseaux qui l'accueillirent par mille caresses.

Une profonde émotion s'était emparée

de l'ame d'Emma en déposant la petite fille dans sa demeure;

« Sois ici la bien venue, dit-elle en la serrant affectueusement dans ses bras; tu es le don le plus précieux que le Ciel pût m'offrir dans mon triste exil! »

L'enfant, tout en lui rendant ses caresses, jetait autour d'elle des regards étonnés. Les oiseaux qui étaient venus se percher sur la tête et les épaules de sa jeune amie, la faisaient doucement sourire, et, quand elle aperçut le charmant parterre, elle s'écria en battant ses petites mains l'une contre l'autre: Oh! joli! joli! dis, comment appelles-tu cela?

— Cela s'appelle des fleurs, répondit Emma en lui cueillant un bouquet: chère petite! il y a donc bien long-temps que tu n'en a vu?

— Moi! jamais!

— Oh! si; mais tu l'as oublié, pauvre enfant!... Eh bien, ici tu les verras tous les jours, ces fleurs qui te plaisent tant; tous

les jours je t'en ferai un bouquet ; car je
désire te rendre heureuse, te faire oublier
ce que tu as souffert.... »

A son tour Henriette l'embrassa en lui
disant : « Que tu es bonne ! oh ! les jolies
fleurs, les beaux arbres : qu'on est bien
ici ! Si tu voulais, nous irions chercher
maman..... »

Emma, le cœur gros de soupirs, feignit
de ne pas entendre ; car il lui semblait
affreux d'arracher brusquement à cette enfant l'espoir qu'elle nourrissait de revoir
sa mère : d'ailleurs on lui avait dit souvent
que l'enfance est oublieuse, et, se fiant à
cette disposition, elle espérait qu'en cherchant à distraire Henriette elle parvien-
drait à la faire renoncer à son idée, sans
lui causer une trop vive affliction.

L'ayant donc laissée au milieu du parterre avec le bouvreuil et le perroquet,
elle s'éloigna pour vaquer aux soins du
ménage. Il fallait faire à dîner à sa chère
petite orpheline et au bon Azor qui rôdait

autour d'elle d'un air soucieux, comme
pour lui reprocher de ne pas assez songer
à lui.

Malheureusement, le feu qu'elle avait
laissé couvert s'était entièrement consumé, et il ne restait plus pour servir
d'amadou qu'un très petit morceau de
mousseline, que la jeune ménagère désirait
beaucoup conserver pour les cas de nécessité absolue; toutefois, depuis son séjour dans l'île, elle s'était rappelé, d'après
ses entretiens avec Dominique, que les
sauvages se procuraient du feu en frottant
fortement l'un contre l'autre deux morceaux de bois secs, et, ayant eu au même
instant recours à ce moyen, elle parvint,
à sa grande joie, à voir briller son foyer,
près duquel accourut Henriette en mani-
festant une nouvelle surprise.

Hélas! la pauvre petite avait enduré
de si cruelles privations, qu'en oubliant
les fleurs et tous les objets qui contri-
buent aux plaisirs de l'enfance, elle avait

oublié aussi l'usage du feu et des choses
les plus simples, les plus ordinaires de la
vie. Ainsi, lorsque sa jeune amie la plaça
à table devant un vase de terre plein d'un
excellent potage, et qu'elle lui mit dans
la main une cuiller de bois pour le manger, elle demeura interdite, et il fallut
qu'Emma lui montrât l'emploi de cet ustensile pour qu'elle se décidât à s'en servir; mais, lorsqu'elle eut goûté la soupe,
dont elle avait été privée depuis si long-
temps, et qu'elle vit étaler à ses yeux un
beau plat de tortue, de bonnes patates et
des fruits secs, elle poussa des exclama-
tions de joie, et, faisant à chaque morceau une part à côté de son assiette, elle
s'écriait : Pour maman! pour maman!

Il est aisé d'imaginer l'effet que durent
produire sur Emma ces mots prononcés
avec tant de bonheur par la pauvre petite.
Elle la contemplait avec un serrement
de cœur inexprimable; mais, voulant absolument la distraire, elle l'emmena,

après le dîner, sous le baobab, pour lequel
elle avait toujours eu une grande prédi-
lection ; et, après y avoir inscrit la date de
l'arrivée de l'intéressante enfant dans la
vallée, elle se mit à chanter en s'accom-
pagnant de sa guitare, sur laquelle elle
était devenue très habile. Aussitôt mille
oiseaux de toutes couleurs accoururent à
ses chants, et lui composèrent le plus
charmant auditoire. « Oh ! joli ! joli ! criait
Henriette en l'écoutant. Que tu es bonne !
que je t'aime ! »

Heureuse de la joie naïve et de la tendresse que lui témoignait sa chère petite
compagne, la jeune fille répandit alors
de douces larmes : il y a tant de bonheur
à se sentir aimé et à exercer cette noble
faculté de notre ame, qui nous porte à
la bienveillance et à l'affection ! Plus
qu'aucune autre, Emma pouvait apprécier
ce plaisir délicieux ; car elle avait senti
bien cruellement le malheur attaché à
une complète solitude.

A la vérité, ce petit être que la Providence l'appelle à chérir et à protéger, ne peut répondre à tous ses sentiments, encore moins à toutes ses pensées, ni s'associer à ses déchirants souvenirs; pour ces derniers, surtout, elle sera seule encore, et ses larmes couleront solitaires; mais ses mouvements, ses actions, sa vie, auront un témoin; une voix répondra à la sienne; désormais ce ne sera plus d'elle-même qu'elle s'occupera, elle aura à penser à d'autres besoins, à une autre existence; en un mot, elle aura des devoirs à remplir; et, pour un cœur comme le sien, ces devoirs deviendront chaque jour et plus chers et plus sacrés. Déjà ne jouit-elle pas délicieusement du bien qu'elle a fait et de la joie qu'elle donne? Ce sourire naïf placé sur les lèvres de la petite orpheline n'est-il pas son ouvrage? Ah! qu'il faudrait plaindre le cœur glacé qui ne comprendrait pas la douce satisfaction qu'elle éprouve!

Cette satisfaction dura jusqu'au moment où l'enfant, ramenée par elle à la grotte, y fut couchée et endormie. Alors Emma retrouva toutes les images lugubres qui l'avaient frappée depuis deux jours, et ses pleurs coulèrent de nouveau sur le sort affreux de madame Duval; elle songea avec amertume que si elle eût plus tôt gravi le rocher du côté où se trouvait cette infortunée, elle eût pu, en l'arrachant à la misère, prolonger sa vie, et peut-être même la lui conserver. Alors aussi elle se retraça le funeste événement qui l'avait elle-même séparée de son père, et ce déchirant souvenir l'empêcha de goûter un seul moment de repos pendant toute la nuit.

Dès que le jour parut, elle se mit à écrire à ce père si tendrement aimé; il lui semblait ainsi rapprocher l'instant d'une réunion pour laquelle elle eût donné la meilleure partie de son existence; mais ce qu'elle écrivit se ressentit des tristes impressions qu'elle avait reçues.

« O mon bien aimé père, disait-elle,
après avoir raconté la fin déplorable de
madame Duval, cette affreuse mort a
répandu dans mon esprit des craintes qui
ne s'y étaient pas encore présentées....
Involontairement je frissonne en pensant
à vous : on dirait qu'une main de glace
s'appuie sur mon cœur, et le ferme à l'espérance.....

« Pourquoi ai-je eu le malheur de voir
un si douloureux spectacle? Son souvenir
m'inspire mille fois plus d'horreur que
celui de tous les dangers que j'ai courus
au milieu des flots, et durant le terrible
ouragan qui bouleversa ma solitude; car
ce souvenir me ramène à la pensée de
tous les périls que vous avez pu courir
aussi, et à celle des maux qui peut-être à
cette heure vous accablent dans quelque
lieu sauvage....; O mon Dieu! écartez de
moi ces craintes désolantes! bénissez,
protégez mon malheureux père! rendez-
moi à son affection! Hélas! jusqu'ici je

n'ai supporté ma solitude et toutes les douleurs qui flétrissent ma jeunesse que par l'espoir de retrouver cet être chéri. Si un tel espoir devait s'évanouir, que deviendrais-je? où puiserais-je le courage de vivre? »

Emma pleurait à chaudes larmes en traçant ces lignes; mais tout-à-coup la petite s'éveilla, et lui dit d'une voix douce et caressante :

« Bonjour, amie, veux-tu m'embrasser?

— Si je le veux! oh! oui! » et en même temps elle courut la serrer dans ses bras.

— Tu pleures?

— Ce n'est rien : ta vue me console.

— Maman me disait cela aussi, et pourtant elle devint malade. Ne pleure plus, je t'en prie!

— Chère Henriette!

— Veux-tu me donner à manger?

— Oui; mais auparavant nous prierons ensemble, n'est-ce pas?

— Pourquoi prier encore? demanda

l'enfant, à laquelle apparemment sa mère n'avait pas donné cette habitude, nous avons prié hier au soir.

— Il faut prier tous les jours, chère Henriette, pour obtenir la continuation des bienfaits de Dieu. Ne t'ai-je pas dit que c'est à lui que nous devons la nourriture et tout ce qui existe sur la terre? Si nous cessions de le prier, il se détournerait de nous, et nous retirerait ces dons sans lesquels nous ne pouvons vivre.

— C'est donc Dieu qui fait venir ces jolies fleurs et tous ces beaux arbres?

— Sans doute, ma chère petite, les fleurs, les arbres, les fruits, comme le dernier brin d'herbe de la vallée, lui doivent leur existence, et, en admirant toutes ces merveilles, nous ne saurions oublier qu'il les a faites pour nous qui sommes ses enfants. »

En finissant ces mots, Emma se mit à genoux, et fit à haute voix la prière du matin. Henriette l'écouta dans le recueillement, et répéta ensuite ce qu'elle lui apprit.

Il serait impossible d'exprimer le plaisir que goûta la jeune solitaire en entendant ainsi l'innocente enfant implorer les bénédictions célestes; il lui sembla, en ce moment, que si Dieu avait daigné jeter sur elle un regard de bonté en adoucissant son exil, les prières de cette autre exilée achèveraient de lui obtenir une faveur plus grande encore.

S'étant relevée moins triste et moins abattue, elle se hâta de distribuer le déjeuner, et se mit ensuite à faire une robe de peau à sa petite compagne, qui, ainsi que nous l'avons dit, était couverte de misérables haillons, d'une malpropreté repoussante.

Il fallut aussi lui faire des guêtres, des chaussons et un chapeau, et toutes ces choses demandèrent bien des jours de travail. Mais avec quel plaisir Emma s'y livra! avec quelle joie pure elle vit enfin

on Henriette vêtue, comme elle, d'une
manière convenable! L'enfant, à son tour,
ne se lassait point d'admirer sa belle
robe, et surtout son chapeau, autour duquel Emma avait disposé avec goût un
les rubans trouvés dans le coffret de sés
jeunes amies de Brest.

Jusqu'alors la pauvre solitaire, tout en
se rappelant ce cadeau de l'amitié, n'avait
eu garde de songer à en faire usage : un
cœur brisé par l'affliction méprise la parure et toutes les petites vanités humaines;
mais, en dédaignant toutes ces futilités
pour elle-même, Emma n'eut pas le courage de les dédaigner pour son Henriette;
il y a tant de bonheur à embellir l'enfant
qu'on chérit! Quelle mère n'a passé en sa
vie quelques instants délicieux à parer sa
fille, à admirer sa grâce, et peut-être à
lui donner quelque leçon de vanité en lui
prodiguant des éloges?

Emma aussi aime sa fille d'adoption;
elle la trouve charmante; elle en est fière,

et prend un soin extrême de la parer : ainsi elle a mis sur son chapeau le plus joli ruban du coffret, et en a tiré aussi la plus belle ceinture, afin d'orner la robe qu'elle lui a ajustée ; puis, quand elle l'a habillée, elle la fait marcher devant elle, la tourne en tous sens pour mieux contempler sa gentillesse, et s'écrie ensuite avec toute l'imprévoyance de ses quinze ans : Que tu es jolie !

Alors la petite fille, rougissant de plaisir, se redresse, s'étudie à exciter l'admiration de son amie, et finit par faire des contorsions si ridicules, que cette dernière s'aperçoit enfin de la faute qu'elle a commise, et s'efforce de la réparer en modifiant, autant qu'il lui est possible, le mouvement de vanité qu'elle vient d'inspirer à cette enfant.

Emma, dans sa solitude, avait souvent médité sur les défauts dont son père, par ses sages avis, l'avait aidée à se garantir. Cet homme éclairé lui avait appris de

onne heure que ce n'est jamais impuné-
ient que nous sourions à l'amour de nous-
iêmes, et que la moindre complaisance,
ous ce rapport, nous conduit nécessaire-
ient à l'orgueil.

« Ce défaut, lui disait-il, est générale-
ient le moins combattu, surtout chez les
eunes personnes, ma chère Emma, et
ourtant il devient le plus dangereux en-
emi de leur repos. Par lui, toute vraie
nsibilité s'éteint dans leur ame ; il dé-
uit leur jugement et leur raison ; il les
nd coupables envers Dieu et ridicules
ix yeux du monde. Vainement elles
oudraient s'efforcer d'en dérober la con-
issance à ceux qui les approchent ; un
ot, un geste, un simple regard, tout
écèle ce penchant misérable, et alors
ue devient l'amitié, que devient l'estime
ont une femme ne saurait se passer ?

« Ah ! je t'en conjure, continuait ce bon
ère, fuis cet odieux défaut, qui serait
oun toi la source des plus cruelles dé-

ceptions. Souviens-toi toujours que les
agréments extérieurs ne sont rien sans la
vertu; une maladie, le moindre accident,
peut les détruire, et d'ailleurs la jeunesse
passe si rapide au milieu de la vie! C'est
la rose qui, fraîche au matin, tombe ef-
feuillée le soir sur la tige qui la vit naître...
Malheur à celle qui perd cette jeunesse
fugitive, et qui n'a pas pris soin d'amasser
pour l'arrière-saison des qualités et des
vertus qui la fassent chérir encore! »

Ces sages réflexions étaient restées si
bien gravées dans l'esprit d'Emma, qu'elle
se les retraçait souvent comme si elle venait de les entendre, et que durant cette
vie solitaire où il n'y avait plus pour elle
ni éloge à espérer, ni blâme à craindre,
elle agissait et pensait toujours comme si
l'univers entier eût assisté avec Dieu à
l'examen de ses actions et de ses pensées
les plus secrètes.

Ayant donc reconnu sa faute, elle résolut de s'interdir désormais toute louange

qui pût conduire cette enfant à l'odieux
défaut pour lequel on lui avait inspiré à
elle-même tant d'aversion ; et, se créant
dès lors un plan d'éducation approprié à
l'âge de son élève, elle le suivit avec
exactitude, s'attachant surtout à ne jamais rien exiger d'elle que d'abord elle ne
lui en eût donné l'exemple.

CHAPITRE IX.

> Les qualités ou les défauts d'un
> enfant ne sont guère qu'une imitation
> continuelle des qualités ou des dé-
> fauts qu'on lui offre pour modèles.

Trois mois s'écoulèrent dans le plus doux échange de soins et d'affection entre la jeune institutrice et son élève. Cette dernière, sans comprendre encore qu'elle eût perdu sa mère pour toujours, commençait cependant à n'espérer son retour que dans un temps éloigné, et reportait toute sa tendresse sur celle qui la remplaçait si bien.

De son côté, Emma commençait aussi à se remettre du choc terrible que lui avaient donné la rencontre et la mort de madame Duval. Toutefois, il lui restait encore un devoir bien pénible à remplir : elle voulait retourner à la caverne qui renfermait les restes de cette infortunée, et y planter une croix qui pût un jour faire reconnaître ce triste lieu, si quelque circonstance la mettait à même de l'indiquer au père de la petite orpheline. Jusqu'alors la crainte de laisser cette enfant seule dans la vallée, ou de lui rappeler trop douloureusement le souvenir de sa mère, l'avait retenue ; mais, la voyant enfin surmonter la peine qu'elle avait ressentie d'abord, et craignant que le retour de la mauvaise saison ne l'empêchât d'accomplir ce pieux dessein, elle résolut de s'y rendre avec elle, et, étant parvenue à former une croix assez élevée, elle la prit un matin sur son épaule avec les outils nécessaires à son travail, donna la main à Henriette, traversa le passage qui conduisait à la mer, et coloya la longue chaîne de rochers qu'il fallait parcourir pour arriver à celui qui renfermait la dépouille mortelle de madame Duval.

Emma, en remplissant ce pénible devoir, était grave et silencieuse comme au temps où elle se rendait sur la tombe de sa mère. « Pauvre Henriette! disait-elle tout bas, en lui serrant affectueusement la main ; toi aussi tu ne vas plus trouver qu'un monceau de pierres au lieu de cette mère si tendre qui t'eût tant aimée. Quelle triste analogie entre ton sort et le mien! Comme moi, tu as perdu celle qui te donna le jour, et comme moi tu es loin d'un père que peut-être tu ne reverras jamais! Cependant il te reste un tombeau où, plus tard, tu pourras aller verser des larmes, et moi je n'ai même plus cette consolation : celui où j'aimais tant à prier, est si loin de moi! »

Au moment où Emma faisait ces réflexions, l'enfant leva les yeux sur elle, et, s'apercevant qu'elle pleurait, elle s'écria : « Qu'as-tu, amie? t'ai-je fait du chagrin? ah! pardonne-moi, je t'en supplie! »

—Non, mon Henriette, non, tu ne m'as fait aucune peine; mais, ce matin, malgré moi, j'ai de la tristesse dans le cœur.

— Pourquoi aussi avoir emporté ce lourd fardeau qui doit tant te fatiguer? Tu m'as dit que c'est un signe de notre religion; mais est-il nécessaire que tu le portes ainsi?

— C'est pour toi, chère enfant, que je m'en suis chargée.

— Pour moi! Comment?

— Je désire mettre ce signe, qui s'appelle une *croix*, devant la caverne où ta mère a tant gémi, afin qu'un jour, quand tu seras grande, tu puisses aller y prier quelquefois, et y conduire ton père, si le Ciel permet que nous le retrouvions.

— Que tu es bonne! Mais, dis, maman sera peut-être revenue à la caverne, et si elle a faim, nous lui donnerons à manger.

— Non, non, elle n'est pas revenue.... Souviens-toi qu'elle est allée demander à Dieu de nous bénir, et c'est pour qu'il lui soit favorable que je me suis imposée de porter cette croix dans le lieu même où

elle a tant souffert. C'est péu de chose que
cette action, mais je ne puis mieux faire,
Dieu le sait bien; et tout ce que nous fai-
sons pour lui nous est compté.

— Eh bien! alors, donne-moi un bout
de cette croix sur mon épaule, afin que
moi aussi je travaille pour le bon Dieu et
pour maman. »

Touchée jusqu'aux larmes à cette pro-
position, Emma inclina la croix sur le
bras de l'enfant; mais, lui voyant faire
de trop pénibles efforts pour la soulever,
elle lui dit après quelques minutes: « Assez
maintenant; tu as montré ta bonne volonté, c'est tout ce qu'il faut pour celui
qui voit ton intention : conserve tes forces
pour le prier tout-à-l'heure avec moi. Si
tu savais combien la prière des enfants lui
est agréable! »

Henriette se tut, et marcha courageusement jusqu'au moment où Emma, excédée
de fatigue, fut contrainte de s'arrêter.

Toutes deux s'assirent sur le sable: Azor

les avait suivies avec le panier de provisions, et vint le déposer devant sa maîtresse, qui, après avoir donné à déjeuner
à Henriette et à lui, prit également un
peu de nourriture pour soutenir ses forces.

Reprenant ensuite son fardeau, elle continua sa route, et arriva enfin à la fatale
caverne. Le cœur serré, elle y déposa la
croix, et se mit à genoux ; mais il s'exhalait,
à travers les branches d'arbres et les broussailles qui en fermaient l'entrée, une odeur
cadavéreuse qui la saisit d'horreur. S'étant
relevée aussitôt, elle entraîna l'enfant, qui
s'était placée silencieusement à ses côtés, et,
l'ayant conduite près du bouquet d'arbres
où elle l'avait vue la première fois, elle
lui dit : « Demeure ici, chère Henriette,
prie pour ta mère, tandis que je vais essayer de remplir la tâche que je me suis
imposée. » Puis, retournant à la caverne,
elle prit d'une main tremblante un des
outils qu'elle avait apportés pour creuser
la terre, et commença son pénible travail.

Ce silence de mort qui régnait autour d'elle, ce cadavre en putréfaction, dont seulement quelques branches d'arbres la séparaient, avaient quelque chose de si horrible, que tous ses membres en frémissaient; une sueur froide ruisselait sur son front, elle se sentait près de défaillir. Animée néanmoins par le désir qu'elle avait d'achever son entreprise, elle parvint à creuser la terre et à planter la croix, sur laquelle elle avait eu soin de graver d'avance le nom et la date de la mort de la pauvre Duval; et, ayant ensuite prié pour elle avec toute la ferveur dont son ame était capable, elle alla reprendre sa jeune compagne, l'aida à gravir le rocher afin d'être plus tôt sortie de ce triste lieu, et ne se reposa que quand elle fut arrivée du côté de la vallée, où ses idées reprirent une teinte moins lugubre.

Il était presque nuit lorsqu'Emma revit sa grotte, et, bien qu'elle fût excessivement fatiguée, non seulement de toutes les impressions douloureuses qu'elle venait d'éprouver, mais encore d'avoir porté la croix et les outils, puis la petite fille, qui n'avait pu achever la route sans son secours, elle ne voulut pas se coucher qu'elle n'eût écrit à son père, dont le souvenir se mêlait toujours à toutes les émotions, à tous les sentiments qui agitaient son cœur.

« Cher papa, disait-elle, il était réservé à votre Emma de remplir encore aujourd'hui un bien triste devoir dans ce désert : il fallait marquer la place où repose cette infortunée que j'eusse été si heureuse de conserver pour ma compagne d'exil. Oh! que j'ai souffert près de ses déplorables restes! son enfant était là, et sa vue me déchirait le cœur.... Chère petite! elle ne sait pas ce que c'est que cette mort cruelle qui nous ravit pour jamais les objets de notre affection; et moi, bien jeune encore, je le sais déjà.... Plus tard il faudra bien le lui apprendre; il faudra lui dire comme vous m'avez dit :

« C'est là que ta mère repose.... » Pourquoi lui cacherais-je cette triste vérité ?
ne faut-il pas qu'elle sache remplir à son
tour les devoirs de la piété filiale ? Aujourd'hui je les ai remplis pour elle, et,
tout en souffrant beaucoup, j'ai trouvé
une douce pensée au fond de mon ame.

« Emportée il y a trois mois par une indicible terreur, j'avais quitté le tombeau
de madame Duval sans y laisser aucun
signe religieux ; maintenant j'ai réparé
ma faute, et, quoi qu'il m'en ait coûté,
cela m'a fait du bien ; je suis triste, fatiguée, et pourtant plus légère. Ah! qu'il y
a de douceur à être en paix avec soi-même !

« Cependant il m'a fallu, je l'avoue, ce
sentiment de satisfaction intérieure pour
supporter avec quelque courage les cruelles émotions que j'ai ressenties près de
cette pauvre mère. Hélas! je songeais à la
mienne ; je songeais à vous, cher papa,
à vous que peut-être je ne reverrai jamais!
Je songeais que moi aussi je puis fini

dans ce désert ma triste existence, et qu'alors la pauvre Henriette resterait seule au monde....

« Que toutes ces pensées m'ont paru douloureuses ! Ah ! pourquoi le Ciel, en me condamnant ainsi à vivre séparée de l'univers entier, ne m'a-t-il pas ôté en même temps la faculté de sentir : du moins, mon cœur ne souffrirait plus ; mon imagination ne s'effraierait plus par mille craintes chimériques peut-être ; je vivrais machinalement comme ces animaux qui peuplent la vallée, et qui me paraissent si heureux.... Ils le sont en effet ; car ils vivent avec leurs semblables ; ils ont une famille, et moi je n'en ai plus...

« Je n'en ai plus, ai-je dit, que cette idée est affreuse ! Je veux la repousser loin de moi ; elle m'a fait envier le sort de la brute qui vit et meurt sans avenir.... Oh ! je sens que j'ai une autre destinée que celle-là : Dieu m'a créée à son image ; il m'a donné l'intelligence nécessaire pour comprendre la grandeur de ses œuvres; il m'a donné une ame pour l'adorer éternellement, et s'il me laisse ici-bas des peines à surmonter, c'est afin de me faire acquérir quelques vertus qui me rendent digne de nouveaux bienfaits.

« A la vérité, ces vertus sont bien difficiles à pratiquer : souvent le découragement et l'orgueil viennent traverser mes meilleures intentions; je voudrais ployer avec résignation sous le joug de l'adversité, et je me surprends presque toujours prête à m'en plaindre; bientôt cependant ma raison et mon cœur me ramènent à d'autres idées, et c'est alors, mon bon père, que je me rappelle vos sages réflexions : « Dieu, me disiez-vous, montre « ses desseins à l'homme, mais il ne les lui « explique pas; c'est à celui-ci à devenir « meilleur, pour être en état de les inter= « préter et de s'y soumettre. »

« Je crois comprendre cette idée, et je veux l'appliquer à ma situation. Oh! si vous saviez, mon excellent père, avec quel soin je repasse dans ma mémoire ces entretiens pleins de charme où votre sollicitude se montrait à chaque mot! Alors vous ne vous doutiez pas que ce serait dans un désert que la malheureuse Emma se retracerait vos maximes et vos conseils. Que je me félicite de les avoir retenus! Sans eux, que serais-je devenue? Ici, je pense, je pense sans cesse; mais c'est de vous, mon bien-aimé père, que me viennent toutes mes bonnes pensées; c'est aux inspirations de votre noble cœur que je dois toutes celles qui me portent à la vertu. Que celles-là me sont chères! que j'aime à les redire à l'enfant dont le ciel m'a chargée! La pauvre petite, il est vrai, ne me comprend pas toujours; elle est si jeune encore : c'est une tendre fleur qui vit insouciante près du chétif roseau déjà battu par les tempêtes, et qui pourtant est son unique appui. N'importe, je veux chaque jour lui répéter quelques-unes de vos le-

çons, afin qu'elle aussi devienne votre élève.
Mais, hélas! combien de temps s'écou-
lera-t-il encore avant que je n'aie le bonheur de vous voir approuver mes soins
pour elle? O mon Dieu! prenez pitié de
cette pauvre petite orpheline et de moi!
rendez à ma tendresse le meilleur, le plus
chéri des pères! »

Emma s'étant couchée après avoir écrit
ces lignes, dormit le reste de la nuit assez paisiblement, et reprit le lendemain
ses travaux ordinaires.

Ménagère prévoyante, déjà elle avait
commencé à récolter du riz et des patates
pour la mauvaise saison. Ces deux végétaux lui étaient d'autant plus nécessaires
que la consommation en était augmentée
par la présence de Henriette, et qu'il ne
restait plus rien de la provision de biscuit.
Elle dut songer en même temps à la récolte des cannes à sucre, des cocos, du
raisin, des dattes et des citrons. Quelques
figuiers, découverts parmi les arbres de la

vallée, lui fournirent également une belle provision, qui lui parut aussi agréable que nourrissante.

Lorsque tous ces fruits furent séchés et rentrés à la grotte, Emma, qui avait remarqué que l'hiver n'était pas favorable à la chasse des cabiais, des jeunes vigognes et des tortues, que son fidèle pourvoyeur continuait à lui rapporter de temps en temps, résolut de préparer quelques salaisons de la chair de ces divers animaux; mais cette opération, que souvent elle avait vu faire dans le lieu où elle était née, et qui lui semblait facile, lui prit un temps fort considérable. Avant de l'entreprendre elle fut obligée de chercher du sel sous les rochers, et de fabriquer ensuite de grands vaisseaux d'argile qui lui coûtèrent une peine infinie par la dimension qu'elle leur donna.

Elle dut aussi approvisionner le bûcher; car les nuages, qui depuis quelque temps se montraient à l'horizon, présageaient le

retour de la saison froide et pluvieuse.
Emma, se rappelant l'affreuse tempête dont
elle avait été assaillie dans sa solitude,
éprouvait un serrement de cœur inexprimable à la vue de ces nuages que chaque
jour elle allait examiner sur le haut de
quelque rocher. Bientôt, en effet, le vent
commença à souffler avec violence, la
pluie tomba par torrents, et plusieurs
coups de tonnerre se firent entendre; mais
ces accidents, qui se répétèrent pendant
bien des jours, ne furent suivis cette fois
d'aucun tremblement de terre, et les jeunes habitantes de la vallée n'éprouvèrent
que le désagrément de rester enfermées
au fond de la grotte.

Un peu rassurée en voyant que le Ciel lui
avait épargné de nouveaux périls, Emma
mit le temps de sa retraite à profit pour
continuer ses études et suivre avec plus de
régularité celles qu'elle avait fait entreprendre à sa petite compagne. S'efforçant
d'éloigner des leçons qu'elle lui donnait

tout ce qu'elles pouvaient présenter d'aride à une enfant de cet âge, elle cherchait surtout à lui imprimer une idée juste de la puissance et de la bonté de l'Être souverain, de nos devoirs envers lui, envers nos semblables et envers nous-mêmes, et elle s'attacha constamment à mettre l'exemple à côté du précepte.

Ainsi Emma apprit à Henriette à devenir pieuse et soumise à la volonté de Dieu, en priant chaque jour devant elle avec la plus touchante ferveur, et en se montrant patiente et résignée à toutes les incommodités, à toutes les peines de sa situation; elle lui apprit à être douce, humble et compatissante, en ayant elle-même une parfaite égalité d'humeur, une grande modestie et une extrême bonté pour tout ce qui l'entourait; elle lui apprit enfin à aimer le travail et l'étude, en se livrant avec ardeur aux travaux les plus pénibles, et en employant le peu de loisirs qu'ils lui laissaient à cultiver l'instruction et les talents que lui avait donnés son excellent père.

Douée d'autant d'intelligence que de sensibilité, Henriette montrait chaque jour plus d'empressement pour recevoir les leçons de sa jeune bienfaitrice, qui, de son côté, trouvait un charme inexprimable à former le cœur et l'esprit de cette chère enfant, et à suivre ses progrès dans la lecture, l'écriture et le dessin, qu'elle lui avait fait commencer presque en même temps.

Mais, hélas! cette douce occupation qui avait fait disparaître la désespérante monotonie de son existence, fut bientôt interrompue par un événement qui faillit lui devenir funeste.

La mauvaise saison tirait à sa fin, et les deux jeunes solitaires, qui depuis si longtemps étaient privées de sortir à cause des pluies continuelles qu'il y avait eues, se réjouissaient d'avance de pouvoir reprendre leurs courses dans la vallée, lorsque

Henriette fut prise tout-à-coup d'une fièvre violente qui la jeta dans le délire.

Il faudrait avoir connu une situation
semblable à celle où se trouvait Emma,
pour comprendre tout ce qu'elle souffrit
alors de son cruel isolement.

« Quoi! me seras-tu donc enlevée aussi,
toi, ma seule consolation sur cette terre
d'exil, disait-elle en regardant avec désespoir l'objet de sa tendre affection.... Encore si je savais ce qu'il faut faire pour la
soulager; mais la voir souffrir, et ne connaître aucun remède!.... Dieu de bonté!
ayez pitié de cette enfant, ayez pitié de
ma douleur.... Ne m'ôtez pas ma chère
Henriette; maintenant que vous me l'avez
donnée, je ne saurais plus vivre sans elle
dans ce désert! »

Puis elle prenait les mains brûlantes de
la petite malade, les pressait sur ses lèvres, et épiait dans ses regards quelque
lueur d'espérance; mais, hélas! le mal faisait à chaque instant de nouveaux pro-

grès : depuis deux jours l'enfant ne la
reconnaissait plus, et criait sans cesse :
Maman! maman!

« Elle ne peut plus t'entendre, celle
que tu appelles, disait Emma, le cœur dé-
chiré. A moi seule était réservée cette
affreuse douleur ; » et, cherchant dans son
imagination tous les moyens de soulager sa
souffrance, elle lui faisait prendre de la
tisane de dattes, et l'enveloppait soigneusement du peu de linge qu'elle possédât,
afin de rétablir la chaleur de la peau, qui,
par moment, était glacée comme celle
d'un cadavre.

Enfin, la troisième nuit, la sueur arriva ;
Henriette recouvra connaissance, et son
premier mot fut un mot d'affection pour
son amie, qui fondit en larmes en l'embrassant. Toutefois, cette dernière ayant
approché la lampe pour mieux voir sa
chère malade, demeura frappée de crainte
en remarquant que sa tête était prodi-
gieusement enflée et son visage couvert

de larges boutons : c'était la rougeole qui venait de se déclarer. L'anxiété d'Emma augmenta à tel point, que peu s'en fallut qu'à son tour elle ne perdît connaissance.

Cependant le sourire doux et calme que lui fit Henriette, la rassura un peu, et bientôt elle reconnut que le danger n'existait plus ; mais les cruelles inquiétudes qu'elle avait ressenties, jointes à plusieurs veilles, l'avaient réduite elle-même à un tel état de faiblesse, que dès le lendemain elle fut prise aussi d'une très forte fièvre, accompagnée de douleurs de tête intolérables.

Jusqu'à cet instant la santé d'Emma avait été si parfaite, la nature s'était développée en elle avec tant de facilité, malgré les pénibles épreuves auxquelles elle s'était vue soumise, qu'elle n'avait absolument aucune idée des maladies ordinaires à l'enfance et à la jeunesse ; mais les souffrances physiques qui l'accablèrent tout-à-coup, devenant de moment en mo-

ment plus aiguës, elle finit par craindre
qu'elles ne fussent l'annonce de sa mort.

Ce fut alors que l'infortunée sentit toute
l'horreur de sa position. Ses premières alarmes se portèrent sur sa petite compagne,
qui peut-être périrait faute d'être secourue;
puis elle songea qu'elle-même était bien
jeune encore pour quitter la vie. A la vérité, cette vie était pour elle bien misérable; mais jamais l'espoir d'un meilleur
avenir ne s'était entièrement éteint dans
son ame; elle avait compté sur le bonheur
de revoir son père : comment renoncer à
un espoir si doux? comment, à quinze
ans et demi, renoncer à toutes les illusions
et envisager la mort sans crainte, quand la
vieillesse elle-même la repousse avec tant
d'effroi?

Assise à l'entrée de sa grotte, les mains
jointes, la poitrine oppressée, et retenant
avec effort les plaintes, qu'excitaient les
souffrances qu'elle endurait, la pauvre enfant jetait autour d'elle des regards où se

peignaient la douleur et le découragement.

« Mon père! je ne vous verrai donc plus! murmurait-elle tout bas.... Mourir ici, abandonnée de la nature entière, oh! c'est bien affreux.... Je n'aurai donc connu l'existence que pour sentir ses plus cruelles amertumes!... O mon bien-aimé père, si du moins je pouvais expirer dans vos bras, jouir encore un seul moment de votre vue, être bénie! »

A cette dernière pensée, Emma fondit en larmes, et resta comme abîmée dans sa douleur. Mais bientôt elle se souvint de Dieu, et son courage se ranima. Réfléchissant alors que la fièvre qui la dévorait lui ôterait incessamment la force de donner de nouveaux soins à Henriette, elle se traîna deux fois jusqu'au ruisseau pour y puiser l'eau nécessaire, fit ensuite du bouillon de tortue, renouvela la tisane de dattes, mit ces divers objets entre le lit de sa jeune compagne et le sien, et ayant aussi pourvu aux besoins de son fidèle Azor, elle se coucha, ne pouvant plus résister au mal qu'elle endurait et que la fatigue qu'elle s'était donnée avait encore augmenté.

Qui dira tout ce qu'elle souffrit durant la longue nuit qui succéda à cette journée pénible? Accablée d'une fièvre brûlante, la malheureuse Emma fut à chaque instant obligée de se soulever pour apaiser la soif qui la dévorait. Les membres palpitants, la tête en feu, vainement elle chercha une main amie pour calmer ses maux: hélas! ils n'eurent d'autres témoins qu'une enfant malade et un pauvre chien qui ne pouvait alors lui rendre aucun service.

Oh! si dans toutes les positions de la vie il est difficile de supporter les souffrances auxquelles notre faible nature est assujettie, combien celles qu'Emma éprouva dans cette circonstance ne durent-elles pas lui paraître affreuses!

Pour comble de misère, elle manqua totalement de linge; ainsi que nous l'avons vu, celui qu'elle possédait avait été employé à l'usage de l'enfant, et la généreuse Emma préféra endurer cette privation, plutôt que de lui retirer celui qui l'enveloppait encore. Mais qu'on se peigne, s'il se peut, ce qu'elle souffrit sur son lit de feuilles, baignée de sueur, et n'ayant qu'une robe de peau et une natte de paille pour couverture.

Le lendemain la rougeole se déclara, et le redoublement de la fièvre fut suivi d'un profond assoupissement, durant lequel la pauvre Henriette, alors convalescente, ne cessa pas de se lamenter. Enfin, ses sanglots et ses cris arrachèrent la malade à l'anéantissement dans lequel elle était plongée, et, quoique sa faiblesse fût extrême, elle eut le courage de se soulever pour lui donner du bouillon de tortue qu'elle n'avait pas osé prendre sans sa permission.

« Amie, ne sois plus malade, je t'en supplie, lui dit Henriette, en recevant le vase qu'elle lui tendait d'une main tremblante ; tout-à-l'heure tu gémissais, tu te plaignais comme se plaignait maman ; cela m'a fait bien peur :.... je t'appelai, mais tu ne répondis pas.... Azor aussi était triste en te regardant ; et il me sembla que lui et moi nous étions bien malheureux, puisque tu ne nous parlais pas.... Je t'en prie, ne souffre plus, car je sens ton mal là. (Elle montrait son cœur).

— Ma guérison ne dépend pas de moi, chère Henriette ; tu sais que Dieu seul est le maître.

— Oh! je vais tant le prier qu'il me l'accordera. »

Et en même temps la pauvre petite se mettant à genoux, répéta à haute voix, avec la plus tendre ferveur, toutes les prières qu'Emma lui avait apprises.

Il y a dans les accents d'un enfant qui prie, un charme, une douceur, une angélique mélodie qui portent dans l'ame un profond attendrissement ; rarement l'homme le plus dur peut y résister ; comment Dieu, cette bonté infinie que jamais nous n'invoquons en vain, n'y céderait-il pas ?

Emma, souffrante, abattue, découragée, ne put entendre cette voix touchante, implorant pour elle la miséricorde divine, sans éprouver dans tout son être un doux frémissement ; et quand la petite, ayant terminé sa prière, lui dit d'un air joyeux : « Maintenant, bonne Emma, tu ne souffriras plus, » elle se sentit renaître à l'espérance, et ses maux s'apaisèrent. Bientôt même ils disparurent entièrement ; car son imagination s'étant calmée, la maladie suivit paisiblement son cours, et huit jours après il n'en existait plus aucune trace.

Le premier usage que fit Emma de son retour à la santé, fut d'en rendre à Dieu mille actions de grâces, et d'écrire à son père.

« Je vis, disait-elle, et j'ai cru mourir, mon excellent père. La nature aussi vient de renaître ; les eaux qui inondaient le sol

11.

se sont retirées; le ciel est pur, les arbres
et les plantes de la vallée ont repris leur
éclatante fraîcheur, les oiseaux chantent
avec délice, le papillon voltige gaîment
sur la fleur nouvelle; tout revit, tout se
ranime autour de moi.... Que toutes ces
choses me semblent belles! qu'il y a de
charme à en jouir quand on a cru ne
jamais les revoir! J'ai tant souffert, j'étais
si malheureuse, que maintenant on dirait
que tout s'est embelli!.... Il faut donc avoir
craint de perdre ce qu'on possède pour en
connaître le prix? Il me semble que jamais je n'ai senti comme je sens en ce moment tout ce que la Providence a fait pour
moi, en me conduisant dans cette fertile
vallée qu'un affreux désert environne. Si
elle n'eût pas permis que je la découvrisse,
c'en était fait de moi, j'aurais eu le même
sort que cette infortunée qui m'a légué
sa fille.... »

« Pauvre enfant! elle aussi a failli mourir. Que j'eusse été à plaindre si mes

craintes se fussent réalisées ! Maintenant il me semble que je l'aime autrement que je l'aimais ; on dirait que sa vie est devenue la mienne ; on dirait, quand sa douce voix retentit dans ma solitude, que c'est celle d'un ange m'annonçant les bénédictions célestes.

« Des bénédictions ! que j'en ai besoin ! Combien cette nouvelle épreuve à laquelle je viens d'être soumise m'a montré la faiblesse de mon esprit ! Je m'étais cru quelque force, quelque courage, et la maladie m'eut à peine atteinte, que je me sentis abattue comme un frêle roseau. Je crus ma mort inévitable, et la douleur, une douleur bien amère, s'empara de mon âme.... Que nous sommes petits devant Dieu ! que nos prévisions sont misérables ! Sans cesse nous nous flattons de connaître l'avenir, et lui seul le sait, lui seul le tient dans sa main puissante...

« Maintenant que je suis mieux, tout ce que je vois me semble beau, et tout à l'heure peut-être mes yeux, accoutumés à ce riant spectacle, cesseront d'y trouver du charme... Si vous étiez là, mon bon père, ce charme ne se détruirait plus : ce n'est pas le monde que je regrette, c'est vous! Qui m'y aimerait comme vous m'aimiez? Oh! quels que soient les plaisirs qu'il offre, ces plaisirs ne sauraient être comparés à celui que donne la tendresse d'un père. Hélas! je ne puis parler de celle d'une mère; mais qu'il doit être doux d'en jouir! Malheur à l'enfant qui possède une famille, et qui cherche ailleurs des jouissances étrangères! Celles-là, vous me l'avez dit, cher papa, ne sont jamais exemptes de quelque amertume.... Non, non, ce ne sont pas elles que je désire; si j'eusse eu avec vous ma mère, quelle félicité eût pu se comparer à la mienne? Mais seul vous me restiez, et je vous ai perdu, et c'est dans un désert que je dois vivre!....................... »

« Sans la pensée du Ciel, qui pourrait

résister à une telle infortune? mais la bonté de Dieu m'a soutenue; elle a fait naître, elle a entretenu dans mon cœur l'espérance de vous retrouver, et dans ce moment même, où il me paraît si doux de ressaisir l'existence, c'est encore ce bonheur que j'espère, comme le seul qui puisse me la faire aimer. »

CHAPITRE X.

> Plus on exerce la vertu, plus
> elle devient chère; c'est comme
> deux amis qui s'aiment mieux, à
> mesure qu'ils se connaissent da-
> vantage.
>
> Mme COTTIN.

Peu de jours suffirent à l'entier rétablissement des deux jeunes convalescentes, et l'on eût dit que les craintes qu'elles venaient d'éprouver l'une pour l'autre avaient encore resserré les liens de leur mutuelle affection. A chaque instant cette affection semblait grandir, parce qu'à chaque instant aussi elles sentaient mieux à quel point elle leur était nécessaire. L'âge de Henriette laissait, il est vrai, un grand vide à Emma, dont la raison précoce s'était entièrement formée à l'école du malheur; mais le plaisir que trouvait cette dernière à lui inspirer ses propres penchants et toutes les vertus que son excellent père avait fait germer dans son cœur, la dédommageait de ne pouvoir communiquer toutes ses pensées à un être qui les comprît entièrement.

L'éducation de Henriette était d'ailleurs une grande occupation pour Emma; car tous les objets de comparaison, si propres à frapper l'imagination de l'enfance, et que le monde offre pour ainsi dire à chaque pas, lui manquaient totalement dans sa solitude; ce n'était presque toujours que par le raisonnement et l'exemple qu'elle pouvait agir sur l'esprit de sa jeune compagne, et ces moyens étaient quelquefois insuffisants; mais espérant que quelque événement heureux les arracherait tôt ou tard à leur isolement, elle comptait sur l'avenir pour perfectionner son ouvrage, et se bornait à semer dans l'esprit de son élève les idées qui pourraient dans la suite s'y développer avec fruit.

Ainsi que nous l'avons dit, le point
auquel elle s'attachait le plus spéciale-
ment, comme base de toute vertu et de
tout vrai bonheur sur la terre, était de lui
inspirer l'amour de Dieu; et cet amour
s'inspire mieux au désert qu'au sein du
monde : là tout est grand, tout est sublime; la main de l'homme n'a rien ap-
pauvri, et quand l'ame solitaire s'élève
vers la Divinité, la voix des passions ne
vient point altérer ses accents; ils montent purs vers le trône céleste.

Emma trouvait tant de consolation dans
la prière, que le premier usage qu'elle fit
du retour de ses forces, fut d'élever un
autel de gazon sous le baobab aux immenses rameaux, qui avait été son premier asile dans la vallée et son refuge pendant la tempête. Une croix où elle traça
avec son couteau l'image du Sauveur, fut
placée sur cet autel champêtre. Elle réussit également très bien à former avec de
l'argile une figure de la Vierge, et fit en

même temps plusieurs jolies corbeilles de
jonc, propres à recevoir les fleurs que lui
fournissaient son parterre et les vastes
prairies qui avoisinaient sa grotte.

Avec quelle joie elle s'agenouilla devant cet autel! et avec quelle ferveur
elle pria Dieu d'en accepter l'hommage!
Henriette, qui l'avait aidée de son mieux
dans son travail, partagea sa vive satisfaction, et ce fut là désormais qu'elle
vint apprendre, de sa jeune amie, à
louer, à aimer celui qui les nourrissait au
désert.

Bientôt cependant il fallut se livrer à
des travaux plus fatigants. Ainsi qu'on
l'a vu, le retour de la belle saison exigeait
ordinairement, de la part d'Emma, une
multiplicité de soins auxquels elle ne se
trouvait point assujettie en hiver.

Henriette commençait à pouvoir lui
être utile. Cette enfant approchait de sa
septième année, et la maladie qu'elle venait d'éprouver, loin d'avoir nui au dé-

veloppement de ses forces, semblait au
contraire l'avoir facilité, et sa jeune amie
voyait avec grand plaisir que désormais
elle ne serait plus obligée de la porter,
comme elle avait dû le faire précédemment, lorsqu'il lui était arrivé d'entreprendre quelque course éloignée dans
leur domaine. Mais si, d'un côté, elle
eût à se réjouir de cet accroissement de
forces chez ce petit être qui l'intéressait à
un si haut point, il lui fallut bientôt gémir sur son ancien et fidèle compagnon,
qui, à son tour, éprouva de vives souffrances, et fut dans l'impossibilité de partager
ses travaux.

Un soir que, fatiguée des occupations
multipliées de la journée, elle prenait le
frais avec l'enfant à la porte de sa grotte,
en attendant le retour du bon animal, qui
était allé, selon sa coutume, chercher quelque cabiai ou quelque jeune vigogne, elle
le vit de loin revenir à travers la prairie,
portant la tête et les oreilles bas, et mar-

chant comme par bonds avec une extrême lenteur.

Courant aussitôt au devant de lui, elle l'appelle avec un indicible sentiment de crainte; mais il ne répond à sa voix que par un sourd gémissement. Plus effrayée alors, elle presse sa course, et arrive enfin auprès du pauvre animal, qui, tout couvert de sang, s'étend à ses pieds, et penche sa tête sur la main qui le caresse.

Azor! cher Azor! qui t'a réduit en cet état affreux? s'écriait Emma dans son trouble, comme s'il eût pu lui répondre, et en même temps elle examinait avec le plus grand effroi les larges blessures dont il était couvert : une de ses pates de derrière était surtout horriblement mutilée; on eût dit qu'il avait eu à se défendre contre plusieurs ennemis à la fois.

Hors d'elle-même, et voulant aussitôt le soulager, Emma vola à sa grotte, dans le dessein d'en rapporter de l'eau et du linge pour le panser; mais, la voyant s'é-

loigner de lui; il se traîna sur ses pas, et
se jeta, en arrivant, sur la natte qui lui
servait de lit. Sa maîtresse s'empressa de
laver les plaies qu'il avait sur le corps,
et y mit ensuite des compresses enduites
de graisse de tortue, qu'elle avait employée pour elle-même avec succès, lorsqu'il lui était arrivé de se blesser avec
les outils dont elle était souvent forcée de
se servir. Le pauvre Azor se laissa d'abord
soigner avec patience; mais lorsqu'il fallut
panser sa pate, il recommença à gémir de
telle sorte qu'Emma n'osait continuer son
opération. Encouragée toutefois par le désir d'adoucir ses maux, elle la termina, et
vit avec un plaisir extrême que son bon
compagnon souffrait déjà beaucoup moins;
car il lui léchait les mains, et semblait
vouloir la rassurer par ses regards pleins
de la plus touchante expression.

   Henriette, qui aimait aussi beaucoup
Azor, avait pleuré à la vue de ses nombreuses blessures, et s'était enfuie au fond

de la grotte durant le pansement; mais, lorsqu'il fut terminé, et qu'elle vit le chien moins souffrant, elle vint le caresser, et embrassant ensuite Emma, comme si elle eût eu à lui témoigner de la reconnaissance, elle lui dit : « Comment as-tu eu le courage de faire tout cela, amie? Moi, j'avais si peur que je n'ai pu que pleurer.

— C'est toujours ce qui arrive aux gens qui ne réfléchissent pas, lui répondit Emma, qui n'était pas fâchée de profiter de cette occasion pour la raffermir un peu contre les événements de la vie : on gémit, on s'effraie des maux qu'on souffre ou que l'on voit souffrir, et, tout en s'exagérant la sensibilité qu'ils excitent, on ne cherche aucun moyen de les soulager; c'est là, mon Henriette, ne savoir être utile ni à soi-même ni aux autres. La vraie sensibilité est agissante; elle ne se contente pas de déplorer le malheur; quoi qu'il lui en coûte, elle vient à son

aide. Que deviendraient ceux qui souffrent, si la vue de leurs maux n'excitait
que des larmes, et, par exemple, que serait devenu notre pauvre Azor, si, comme
toi, je m'étais enfuie à la vue de ses
blessures? »

La petite fille, sentant la justesse des
réflexions de son amie, lui promit d'être
à l'avenir un peu plus courageuse, et
cette dernière eut d'autant moins de peine
à excuser la faiblesse qu'elle avait mon-
trée, qu'elle-même ne pouvait encore
songer, sans frémir, à l'état de son pauvre
chien, auquel elle continua de donner les
plus grands soins.

On sait que ce bon Azor n'était pas
pour Emma un animal ordinaire; elle s'y
était attachée dès son enfance; il avait
été le compagnon de ses jeux; il l'avait
sauvée des flots, et, sur la terre déserte où
elle languissait depuis près de deux années, il avait été son seul ami, son unique
soutien. Comment eût-elle oublié de tels

services? Mais, plus elle se les rappelait,
plus la crainte de perdre ce fidèle animal
lui semblait affreuse.

Une autre sorte d'inquiétude venait
encore la tourmenter, et, dans sa position, cette inquiétude était un véritable
supplice. Elle craignait que les blessures
d'Azor n'eussent été faites par des bêtes
féroces. A la vérité, depuis son séjour
dans l'île, elle n'y avait vu que les genres
de quadrupèdes que son chien avait coutume de chasser, et quelques oiseaux de
proie qui l'avaient effrayée, sans néanmoins lui causer aucun dommage. Il ne lui
semblait pas que ce pût être ni les uns ni
les autres de ces animaux qui eussent mu-
tilé son Azor d'une manière si épouvantable; mais quelques autres plus malfai-
sants pouvaient être venus dans le voisinage
de la vallée ou dans cette vallée même, et
cette pensée la faisait frémir d'horreur;
car elle n'avait pour défendre sa jeune
compagne et elle-même qu'un arc et des

flèches, dont peut-être la peur l'empê-
cherait de se servir.

Jusqu'alors Emma n'avait exercé son
adresse en ce genre sur aucun être vivant,
et l'on a vu que ce n'était pas sans peine
qu'elle s'était décidée à écorcher les animaux qu'Azor lui rapportait; mais l'idée
du danger qui pouvait menacer, d'un moment à l'autre, ce qu'elle aimait, la porta
à vaincre ses répugnances, ou du moins à
se mettre en état de les vaincre si les circonstances l'exigeaient. Ainsi, dès le lendemain, elle s'exerça de nouveau à l'arc
avec des flèches dont les pointes étaient
formées d'épines d'acacia, et son œil ac-
quit bientôt une telle justesse, que jamais
elle ne manquait d'atteindre le but qu'elle
s'était marqué.

Les oiseaux de toutes espèces abon-
daient tellement dans la vallée, que la
jeune solitaire eût pu facilement en tuer
assez pour les besoins de son ménage;
mais, encore une fois, son cœur répu-

gnait à faire usage de cette ressource. Cependant, il fallut bientôt qu'elle songeât
à s'en créer de nouvelles ; car Azor ne se
remettait que très lentement de ses blessures, et tout faisait croire que ce ne serait pas de long-temps qu'il pourrait recommencer ses chasses. Déjà depuis quinze
jours il n'y avait eu à la grotte que des
coquillages ; du riz, des patates et quelques ananas, et le pauvre chien était
loin de s'accoutumer d'une si maigre
chair. Emma ayant encore une assez
grande provision de ficelle, trouvée parmi
les outils, songea bien à faire un filet pour
pêcher ; mais outre son ignorance complète des moyens employés en pareil cas,
elle n'osait plus se tenir, comme par le
passé, sur le rivage, et osait encore moins
franchir les rochers qui avoisinaient la
rivière qu'elle avait vue de l'autre côté
de la vallée, parce que c'était de ce côté-
là même qu'Azor allait chasser les jeunes
cabiaïs et les jeunes vigognes, et que pro-

bablement il avait eu à combattre les
ennemis qui l'avaient si cruellement mal-
traité.

Plus Emma songeait à cette circonstance, plus ses inquiétudes devenaient
insupportables. Pour comble de tourment,
ce qui lui restait de ses provisions d'hiver
était à peu près épuisé ; elle ne trouvait
presque plus d'œufs de tortues, et la récolte du riz et des patates paraissait devoir
être très peu abondante cette année. D'un
autre côté, elle voyait son bon compagnon languir devant les aliments qu'elle
lui présentait : il était triste, et maigris-
sait à vue d'œil. Henriette aussi paraissait
souffrir de cette mauvaise nourriture, et
Emma sentait également une grande di-
minution dans ses propres forces.

Quel parti prendre ? tirer sur ces pauvres oiseaux si jolis, si inoffensifs, faire
couler leur sang pour se rassasier de leur
chair : oh ! ce serait affreux ! son cœur se
soulevait à cette idée ; et pourtant, il se-

rait bien autrement affreux de laisser pâtir
ce petit être si intéressant que la Providence a confié à ses soins et à son appui.
Et ce brave compagnon qui l'a sauvée, qui
l'a nourrie, le laissera-t-elle languir aussi
sans faire un effort sur elle-même pour lui
rendre la santé et les forces? Non, non,
elle doit, elle veut le tenter; il y aurait
crime à ne point le faire....

Déjà cependant bien des jours s'étaient
écoulés sans qu'elle eût pu encore se résou-
dre à consommer le sacrifice dont la nécessité lui faisait une loi si impérieuse. Presque
sans cesse armée de son arc, et visant les
nombreux oiseaux qui voltigeaient autour
d'elle, Emma semblait toujours prête à
lancer le trait qui devait frapper la victime;
mais soudain une invincible répugnance
venait arrêter sa main; le cœur lui manquait, une sueur glacée ruisselait sur son
front; puis, quand elle ramenait son regard sur le visage décoloré de son Henriette, ou que rentrant à la grotte, qu'Azor

ne pouvait plus quitter; elle voyait le pauvre animal triste et languissant, elle s'adressait à elle-même d'amers reproches, et se promettait de redoubler d'efforts pour vaincre une faiblesse si coupable.

Ce fut au milieu de ces pénibles combats que, manquant un matin de la nourriture nécessaire pour la journée, elle monta sur un des rochers voisins de sa demeure afin d'y chercher des œufs de pigeons sauvages qu'elle y avait vus souvent en assez grande abondance, ou pour atteindre de ses flèches quelques-uns de ces oiseaux, si elle se sentait le courage de le faire.

Henriette, habituée depuis long-temps à gravir les hauteurs qui entouraient la vallée, et non moins empressée que sa compagne de découvrir les nids, la précédait en la défiant d'arriver aussitôt qu'elle au sommet, lorsque tout-à-coup elle poussa une vive exclamation de joie, et s'écria: « Amie! viens, j'ai trouvé; vois, il est bien gros! » Et en même temps elle lui

montra un oiseau couvert de duvet, qu'elle venait de prendre dans une aire formée dans une des cavités du roc, et garnie de büchettes liées par un mastic.

Emma s'était arrêtée, et souriait aux élans de sa joie, quand elle aperçut, sur une des saillies du rocher, un énorme vautour prêt à fondre sur l'imprudente enfant qui venait de lui dérober un de ses petits. Déjà cet animal furieux agite ses longues ailes, et son œil étincelant, plongeant sur sa victime, la menace de toute sa vengeance; mais, au moment où il va l'atteindre, une flèche lancée d'une main habile lui traverse le corps, et le fait tomber aux pieds de Henriette qui pousse des cris d'effroi, et s'élance ensuite dans les bras de sa compagne, qui vient de la délivrer d'un ennemi si redoutable.

Qui dira tout ce qu'éprouva aussi Emma en cet instant, et avec quelle émotion elle pressa la chère petite sur son sein! Regardant ensuite le géant ailé vaincu par

elle avec tant de bonheur, elle se sentit
fière de sa victoire; mais elle songea bientôt que sans doute il n'était pas le seul de
son espèce sur ce rocher; et, craignant
d'exciter la fureur de ces animaux cruels si
elle l'emportait, elle s'en éloigna aussitôt,
et descendit avec l'enfant du côté du rivage pour chercher quelques aliments dont
toutes deux commençaient à sentir vivement le besoin.

Cette matinée devait être favorable à
Emma; car elle fut à peine arrivée au bord
de la mer, qu'elle découvrit une petite tortue que la faim lui donna le courage de
tuer, et plusieurs œufs qu'elle se pressa de
faire cuire en arrivant à la grotte, et dont
le bon Azor obtint la meilleure part.

Un peu aguerrie par ces premiers ex-
ploits, la jeune solitaire exerça encore
son adresse le jour même sur deux gros
oiseaux dont la chair lui parut délicieuse;
et, ayant continué les jours suivants avec
autant de succès, elle eut enfin la joie de

voir son Henriette reprendre son embon-
point, et son chien rendu à la santé.

Craignant qu'il ne fît encore quelque
mauvaise rencontre, elle ne l'envoya plus
à la poursuite des animaux, comme elle le
faisait autrefois. « Ce sera moi maintenant
qui te nourrirai, mon bon Azor, lui disait-
elle, en le caressant; assez long-temps je
t'ai dû l'existence, et je ne veux plus te
laisser courir de nouveaux dangers, car je
sens que j'aurais trop de chagrin si je te
perdais. » Azor se soumit long-temps sur
ce point à la volonté de sa maîtresse, et ce
ne fut que l'année suivante qu'il retourna
à la poursuite des jeunes cabiais. Quant
aux petits des vigognes, il n'en rapporta
plus, et Emma, n'ayant vu dans la suite
aucune bête féroce, ni dans la vallée ni aux
alentours, en conclut que les ennemis
qu'il avait eu à combattre n'étaient autres
que ces mêmes vigognes qu'elle apercevait
souvent des hauteurs, marchant en troupe
dans le désert, et qui s'étant apparemment

trouvées en force contre l'ennemi qui atta-
quait leurs petits, étaient tombées sur lui
pour le détruire.

Quelque effrayant que fût le souvenir de
sa défaite, l'intrépide pourvoyeur se remit
avec sa maîtresse à la recherche des tortues, et cette dernière put en faire une
assez ample salaison. Cependant, ainsi
qu'elle l'avait craint, le riz, les patates, et
même les fruits, manquèrent presque entièrement, et les habitantes du désert
furent bientôt réduites à ne se nourrir que
de la chair des animaux. Henriette souffrait
beaucoup moins que son amie de cette
nourriture; car elle avait totalement oublié l'usage du pain; mais Emma s'en
souvenait trop bien pour ne pas sentir
cruellement cette privation, à laquelle
avait d'abord obvié le tonneau de biscuit,
remplacé plus tard par le riz et les patates.
Aussi, quand au milieu de l'hiver elle
se vit tout-à-fait sevrée de ces deux derniers
aliments, elle éprouva un tel dégoût pour

ceux qui lui restaient, qu'elle fut obligée d'y joindre des racines, souvent fort dures et sans saveur, qu'elle allait chercher parmi les hautes herbes, ce qui souvent lui causait de graves indispositions.

C'était le troisième hiver qu'Emma passait dans ce lieu sauvage, et, loin que le temps eût adouci sa douleur d'être séparée de son père, cette douleur semblait prendre chaque jour un nouveau degré d'amertume, parce que chaque jour son isolement lui devenait plus insupportable. Un profond ennui la poursuivait jusqu'au milieu des occupations qui naguère lui plaisaient le plus : souvent ses livres et sa guitare étaient abandonnés, et Henriette elle-même ne parvenait pas toujours à la distraire de sa mélancolie. Ce n'était même qu'avec effort qu'elle se prêtait aux jeux et à la gaîté naïve de cette enfant, que pourtant elle aimait avec une vive tendresse.

Le seul adoucissement que l'infortunée

eût pu trouver à un état si cruel, aurait été
de continuer d'écrire à son père, parce
qu'alors, se faisant illusion, il lui semblait être en présence de ce père chéri.
Mais depuis quelque temps cette jouissance lui était enlevée ; elle n'avait plus
une seule goutte d'encre, et il fallait qu'elle
réservât les crayons qui lui restaient pour
donner des leçons d'écriture et de dessin
à sa chère petite élève, qui y faisait les plus
grands progrès.

Trop affligée d'une telle privation pour
ne pas essayer d'y remédier, la jeune solitaire, au retour de la belle saison, ne fit
plus une seule course dans la vallée, sans
chercher, parmi les plantes et les fruits qui
s'y trouvaient, la matière nécessaire à une
composition avec laquelle elle pût écrire.
Ses premiers essais ne furent point heureux ; mais, se trouvant un jour au pied
d'un rocher dans un terrain bas et humide,
elle aperçut, au milieu des hautes herbes
qui obstruaient sa marche, une plante

qu'elle crut reconnaître pour la chélidoine, qu'elle avait vue en France ; et dont toutes les parties contiennent un suc safrané qui lui parut propre à la composition qu'elle désirait.

Ayant cueilli plusieurs de ces plantes avec leurs fleurs, elle les fit bouillir dans une petite quantité d'eau, en y ajoutant de la gomme qu'elle trouvait en abondance sur les arbres, et obtint de cette décoction une liqueur jaune qui pouvait remplacer l'encre qui lui manquait.

Transportée de joie de son heureuse découverte, elle se mit aussitôt à en faire usage pour écrire à celui qui occupait continuellement sa pensée.

« O mon père ! votre nom chéri est sans cesse sur mes lèvres, disait-elle ; je le répète si souvent que mon Henriette le redit avec moi : mon perroquet et mon ouvreuil l'ont aussi appris ; mais, quel que soit le plaisir que j'aie à le redire et l'entendre, ce plaisir ne saurait être

comparé à celui que j'éprouve en le traçant ici. Il y avait si long-temps que
j'étais privée de ce bonheur! N'ayant plus
d'encre pour l'écrire, je le traçais sur les
arbres de la vallée et sur le sable du rivage; mais, à côté de ce nom si cher, je
ne pouvais plus exprimer mes sentiments,
et je me sentais plus découragée, plus
seule qu'auparavant....

« Maintenant que je puis encore vous
dire combien je vous aime et tout ce que
je souffre, j'endurerai peut-être mon chagrin avec plus de constance. Mais, hélas!
ces expressions de ma tendresse les lirez-
vous un jour? Cruelle incertitude!

« Il me semble que je sentais moin
mon malheur lorsqu'il était plus ré-
cent.... Oh! c'est qu'alors je n'envisa-
geais pas toutes les funestes circonstance
de notre séparation; trois mortelles année
ne s'étaient pas placées entre l'espéranc
et moi.... Qui le croirait? Cette espé
rance, pourtant, n'est pas encore tout-à

fait éteinte dans mon cœur : Dieu lui-
même daigne sans doute l'y entretenir;
car c'est toujours au moment où je le prie
que je la sens renaître. Je ne vois-plus, il
est vrai, comme autrefois la possibilité
de votre séjour près de ma solitude; vous
seriez venu m'y chercher; mais, jusqu'ici
du moins, je ne me suis pas encore arrêtée à l'idée de votre mort.... Quand cette
idée traverse mon cœur, soudain une force
inconnue la combat et la repousse; puis
une voix, une voix d'ange me dit :
Espère !

« Oh! oui, je veux espérer; car ce n'est
pas de la terre que me vient l'espérance;
c'est de Dieu, et, quel que soit l'excès de
mon malheur, sa bonté peut changer en
larmes de joie les larmes amères que je
verse depuis trois ans dans cette solitude.

« Souvent, hélas! je crains de l'offenser
par mes plaintes et ma tristesse; mais
comment me défendre de comparer quel-

quefois les jours heureux de mon enfance
à ceux que je passe ici? Que cette comparaison est cruelle! Ce père chéri qui
m'instruisait et qui m'aimait si tendrement; ce tombeau de ma mère où j'allais
prier; ce bon Dominique qui me suivait
partout; ces jardins, ces champs, ces
prairies, où se reposèrent mes premiers
regards, où s'essayèrent mes premiers pas;
puis, cette belle France que je traversai,
où je me sentais si heureuse! C'était ma
patrie, et aujourd'hui je suis au désert!...

« Comme mon cœur se serre aussi quand
je pense à ces deux jeunes filles si douces,
si bonnes, qui m'accueillirent avec tant
d'affection! Elles me parlaient d'un monde
que je ne connaissais pas; mais quel plaisir je goûtais à les entendre!

« Chère Eugénie! chère Cécile! aujour-
d'hui, sans doute, vous êtes heureuses au
milieu de ce monde que vous aimiez; et
Emma, la pauvre Emma, n'a d'autre société qu'une enfant qui partage sa misère,

sans partager encore ses douleurs!... N'importe, pour vous aussi je prie tous les
jours; car mon père m'a dit que ce
monde où vous êtes, s'il a ses plaisirs a
aussi ses chagrins. Puissent donc tous les
anges du Ciel veiller sur vous, et vous
accompagner dans le chemin de la vie,
qui, pour moi, s'est borné à cette solitude!... Ah! peut-être vous aussi vous
priez pour la malheureuse Emma; vous la
croyez morte, sans doute; et elle vit, elle
vit pour souffrir!...

« Si du moins je pouvais espérer sortir
de ce désert, et revoir un jour les arbres
de mon pays!... Ceux-ci sont plus beaux,
mais ils ne disent rien à mon cœur; sous
leurs longs rameaux je pense à ceux où
j'allais m'asseoir avec mon père, et je
pleure....

« Souvent aussi je regarde avec peine ces
jolis oiseaux qui voltigent autour de moi:
mon perroquet est charmant, mon bou-

vreuil aussi; mais ils ne me font pas oublier ces petites fauvettes, ces jolis serins
que j'élevais avec tant de plaisir, et ces
simples moineaux qui venaient manger
dans ma main.... Ils me semblaient plus
gais que ceux-ci : c'est sans doute parce
qu'ils étaient nés dans les lieux où je vis le
jour....

« On aime donc bien son pays! Oh! oui,
je le sens aux battements précipités de
mon cœur quand je prononce le mot
France!

« Et pourtant, mon bon père, si je vous
retrouvais, il ne serait pas de pays où je
ne pusse me sentir heureuse! la patrie est
là où est ce que l'on aime. Mais, vivre loin
de tout appui, de toute assistance; ne
pouvoir épancher ni ses peines, ni ses
joies dans le sein de l'amitié; lutter sans
cesse contre des besoins sans cesse renais-
sants; compter le temps par ses douleurs;
se créer des illusions, former des vœux

impuissants, détester la vie, redouter la mort : telle est l'existence qu'on mène au désert, telle est la mienne enfin....

« Ah! qu'ai-je dit? pardon, mon Dieu! ce sont là des plaintes, des murmures, et chaque jour vous me comblez de biens sur cette terre déserte où mon ingratitude ne voit que des maux. Ne sais-je pas que cette vie n'est qu'une vallée de larmes où le malheur nous sert de marche-pied pour arriver à l'éternelle félicité?

« Vous m'avez condamnée à une vie austère, vous m'avez séparée du cher auteur de mes jours; mais, en même temps, vous avez entretenu dans mon cœur l'espoir de retrouver ce père vertueux qui le premier m'apprit à vous connaître et à vous aimer; vous avez eu pitié de ma misère, en me faisant trouver ma nourriture de chaque jour, et vous m'avez donné mon Henriette comme un gage nouveau de votre tendre sollicitude.... Ah! je veux la mériter cette sollicitude, en m'effor-

çant de supporter avec plus de courage
ce que ma situation peut avoir de pénible, et en appréciant mieux que je ne l'ai
fait jusqu'ici, toutes les consolations que
votre bonté a daigné m'offrir. »

On voit que si la pauvre Emma laissait
quelquefois échapper des plaintes sur son
malheur, ses sentiments religieux, que ce
malheur même avait fortifiés, la rame-
naient aussitôt à la résignation et à l'espérance.

C'était alors surtout qu'elle lisait avec
fruit quelque passage du livre admirable,
dont son père avait pris soin de lui faire
sentir les beautés ; et alors aussi, se repo-
sant en Dieu, l'infortunée retrouvait la
force nécessaire pour supporter les maux
qui l'accablaient.

C'était également après ces lectures
qu'elle trouvait plus de charme à s'entretenir avec sa jeune compagne, qui, malgré
l'étourderie naturelle à son âge, commençait à partager ses diverses émotions.

Lorsque toutes deux gravissaient les rochers et que la pauvre Emma, étendant inutilement ses regards sur l'immensité des eaux, les abaissait ensuite tristement sur la plage déserte, Henriette, qui devinait ce qui se passait dans son cœur, l'enlaçait de ses bras et lui disait :

« Amie, prends courage ; si tu te fais du chagrin, ton Henriette en aura aussi. Mais pourquoi, lui dit-elle, un jour ne pas essayer de sortir d'ici ; nous irions trouver ton père ou le mien, et alors nous serions heureuses?

— Hélas! je voudrais que ce que tu proposes fût possible, lui répondit Emma ; mais je t'ai déjà dit que le lieu où nous sommes est entouré d'eau, et, par conséquent, il nous faudrait un vaisseau comme celui où nous avons fait naufrage pour nous porter dans quelque lieu habité.

— Tu m'as dit, reprit l'enfant, que mon père était à Buénos-Ayres. Est-ce loin, ce pays-là?

— Nous ne pouvons en être fort éloi-
gnées ; mais cette île est sans doute entourée d'écueils, puisque les bâtiments n'en
approchent pas.

— Maman n'y reviendra donc plus?
demanda la petite avec une vive expression de tristesse. »

Ici Emma hésita à répondre ; mais, pensant qu'il fallait tôt ou tard que cette
enfant apprît le malheur qui l'avait frappée, elle tâcha de le lui faire comprendre,
ayant soin toutefois de l'adoucir par toutes
les marques de tendresse que son cœur
put lui suggérer, et en écartant de ses paroles tout ce qui pouvait affecter trop douloureusement sa jeune imagination. Cette
explication, si pénible pour toutes deux,
fit, pendant bien des jours, couler les
pleurs de la petite orpheline ; mais en
même temps elle resserra encore les liens
qui l'attachaient à son amie, car elle lui
fit mieux sentir tout ce qu'elle devait à ses
soins généreux, et sa reconnaissance en

devint si vive, qu'elle se montra dès lors jusque dans ses moindres actions.

Cependant leurs travaux des champs avaient recommencé, et elles eurent le bonheur de faire cette année-là une récolte assez abondante, pour ne plus être soumises aux mêmes privations qu'elles avaient endurées l'hiver précédent. Emma, ainsi que nous l'avons dit, était celle qui en avait le plus souffert, et fut aussi celle qui se réjouit le plus des richesses qu'elle eut le bonheur d'amasser dans sa grotte.

Tranquille pour plusieurs mois sur la nourriture de Henriette, la sienne et celle d'Azor, qui avait retrouvé son appétit avec ses forces, elle fit aussi sa provision de bois, dont elle plaça une partie dans sa grotte, et vit l'hiver s'approcher sans trop d'inquiétude. Hélas! sa sécurité ne dura pas long-temps : une tempête, non moins furieuse que celle qui l'avait tant épouvantée la première année de son séjour dans l'île, vint tout-à-coup la jeter dans la stu-

peur; car les éclats de la foudre retentis-
saient dans la vallée avec un tel fracas,
que le sol en était ébranlé.

Henriette avait déjà vu, comme son
amie, un de ces grands bouleversements
de la nature; mais, à cette époque, elle
était trop jeune pour en redouter les suites.
Maintenant elle a huit ans et demi; elle
commence à réfléchir assez pour comprendre quelle sorte de danger la menace;
et la frayeur qu'elle montre ajouterait encore à celle d'Emma, si son excès même
ne faisait une loi à cette dernière de lui
donner l'exemple de la fermeté et du courage.

« Rassure-toi, lui disait-elle; car la
peur ne remédie à rien. Mettons notre
confiance en celui qui jusqu'ici nous a
protégées; tu sais qu'il ne repousse jamais
la prière de ceux qui l'invoquent avec un
véritable sentiment d'amour, et quelles
que soient nos craintes, il les calmera. »

En parlant ainsi, la pieuse Emma s'é-

tait mise à genoux auprès de sa tremblante
compagne, et implorait le Ciel à haute
voix d'une manière si touchante, que la
petite fille, en l'imitant, finit par se rassurer ; seulement quand les éclats de la
foudre et les coups de vent venaient ébran-
ler le rocher qui leur servait d'abri, elle
se réfugiait dans les bras de son amie, et
y demeurait jusqu'à ce que le bruit eût
cessé.

La tempête dura tout le jour, et une
grande pluie lui succéda. Lorsque la nuit
vint, les deux jeunes filles ranimèrent les
charbons qu'elles avaient conservés allu-
més, et écoutèrent avec un inexprimable
serrement de cœur le bruit des torrents
qui se précipitaient des rochers ; car elles
savaient que ces torrents, en inondant la
vallée, allaient pendant bien des jours les
retenir prisonnières.

Henriette cependant finit par s'endormir. Emma, craignant toujours quelque

tremblement de terre, crut plus prudent
de ne pas se coucher, et s'assit près du
lit de sa jeune compagne, qu'elle regardait
de temps en temps avec la plus vive sollicitude, lorsque soudain elle crut entendre de nouveau le bruit du tonnerre ; elle
écoute attentivement. Un, deux, trois
coups se succèdent.... Le cœur de la pauvre enfant bat avec violence.... Ce n'est
pas le bruit du tonnerre qu'elle a reconnu,
c'est celui du canon.....

Un vaisseau! un vaisseau! s'écrie-t-elle
éperdue. Henriette, éveille-toi, viens,
suis-moi ; ramasse le feu dans un vase de
terre : nous allons au rivage....

— Au rivage, amie! y penses-tu? Quoi!
par le temps qu'il fait?

— Eh! qu'importe le temps! Nous tra-
verserons le passage; nous ferons du feu à
l'entrée de la caverne, qui est de l'autre
côté. Presse-toi, je t'en conjure; il y a
là des hommes qui souffrent; il faut leur

montrer que la terre est près d'eux, qu'ils peuvent y aborder.... Ah! qui sait? Si mon père était avec eux !...

Et en même temps la courageuse fille, emportant une énorme charge de bois sur son dos, se précipitait à travers le passage. Tandis qu'elle le traverse, les coups de canon se succèdent, et font retentir la voûte souterraine.

Enfin, elle arrive à la caverne, allume un grand feu à l'entrée avec une partie de son bois et des broussailles qui cachaient autrefois la seconde ouverture, et qui étaient restées dans un coin de l'antre.

A ce signal, qui sans doute est aperçu, les coups de canon redoublent, et semblent partir d'une distance fort rapprochée. Emma compte les coups avec une indicible anxiété, et augmente tant qu'elle peut la clarté de son foyer ; mais, vains efforts, le bruit cesse tout-à-coup, et l'on n'entend plus que le mugissement des flots....

« Oh ciel! auraient-ils péri! s'écrie Emma; mon père, si c'était vous! » Et, les cheveux hérissés, la pâleur du désespoir sur le front, elle demande à Dieu de lui conserver un être si cher.

La nuit s'écoula dans cette inquiétude horrible; et, quand le jour vint, la pauvre enfant gravit le rocher pour étendre ses regards sur le vaste abîme; mais tout avait disparu : plus de vaisseau, plus d'espérance; un silence de mort régnait autour d'elle; et elle tomba éperdue sur la roche qui la portait.

« Amie! amie! réponds à ton Henriette, lui crie la petite fille, qui l'avait suivie. Pourquoi te chagriner ainsi? M. de Surville n'était pas sur ce vaisseau; s'il y eût été, Dieu eût permis qu'il vînt jusqu'à nous.... Plus tard il te le rendra; je sens là quelque chose qui me le dit ». Et, en parlant ainsi, elle pressait sur son cœur la main de sa compagne, qui, un peu ranimée par ces douces paroles, l'embrassa avec tendresse; descendit ensuite du rocher, et quitta peu d'instants après le fatal rivage, où son imagination lui présentait les tableaux les plus déchirants.

CHAPITRE XI.

Le bonheur ne nous paraît jamais si
grand que quand il nous advient au milieu de l'adversité.

Le souvenir de cette nuit affreuse
resta si profondément gravé dans l'esprit
d'Emma, qu'il se passa un temps considérable avant qu'elle pût recouvrer le sommeil : sans cesse il lui semblait entendre
le canon de détresse retentir à son oreille,
et sans cesse aussi elle croyait voir se dé-
battre contre la mort les infortunés qu'elle
n'avait pu secourir.

Ainsi, cet événement ne servit qu'à
rendre sa situation mille fois plus douloureuse qu'elle ne l'était auparavant; car le
bâtiment, dont elle regrettait si amère-
ment la perte, était le premier qui se fût
approché de son île depuis quatre ans

qu'elle l'habitait, et l'espoir de revoir son père s'affaiblissait chaque jour de plus en plus dans son cœur.

Ne voulant pas cependant se laisser abattre, elle ne négligea rien pendant le triste hiver qui suivit, et au retour de la belle saison, pour surmonter l'ennui qui la dévorait : prière, travail, étude, tout fut mis en usage; et si jamais mélancolie ne fut plus profonde, jamais aussi résignation ne fut plus parfaite.

Toujours plus zélée pour l'instruction de son Henriette, elle cherchait à perfectionner ses propres talents pour être à même de les lui transmettre. Ainsi, tout en lui enseignant l'écriture, le dessin, la langue française et la langue espagnole, à laquelle elle s'était appliquée elle-même avec soin, elle commença à lui donner des leçons de guitare, que la petite fille aimait avec passion.

Malgré les rudes travaux auxquels Emma était soumise depuis son isole-

ment, elle n'avait rien perdu de sa voix
charmante; et quand, pour se délasser des
fatigues du jour, elle allait s'asseoir en été
au fond du joli bosquet d'acacia qu'elle
s'était formé dans le parterre, en face de
sa grotte, Henriette se hâtait de décrocher
l'instrument, et courait le lui porter, en lui
disant :

« Joue, amie, fais-moi entendre ta jolie
voix; elle me cause tant de plaisir! Puis,
tu sais, les petits oiseaux viennent quand
tu chantes, et cela m'amuse tant de les
voir voltiger sur ta tête! »

Emma, pour plaire à sa jeune compagne, prenait alors la guitare; mais, depuis quelque temps, ses chants se ressen-
taient de sa tristesse; car elle choisissait
les morceaux qui étaient le plus en harmonie avec l'état de son ame. Parmi ces
morceaux, il en était un surtout qu'elle ne
pouvait chanter sans verser des larmes;
c'était une romance qu'elle avait nouvel-
lement composée, et que nous donnerons

ici, non assurémént comme une preuve
de son talent pour la poésie, mais comme
l'expression naïve des sentiments qui remplissaient son cœur.

Au berceau je perdis ma mère,
Ce fut là mon premier malheur;
Aujourd'hui je n'ai plus de père;
Ah! rien ne manque à ma douleur!
Père chéri, je sens mes larmes
Couler à votre nom si doux;
Venez dissiper mes alarmes :
O mon père, m'entendez-vous?

Quand reverrai-je ma patrie,
Et les lieux si chers à mon cœur,
Ces champs et ces bois où la vie
M'offrait encor tant de douceur?
Hélas! pour moi plus d'espérance
D'admirer le ciel que j'aimais :
Non, je ne verrai plus la France!
Belle France, adieu pour jamais!

Mais toi, divine Providence,
Unique appui du malheureux,
Toi qui protèges l'innocence,
Tu rendras mon père à mes vœux.

13

Conserve une vie aussi chère,
Daigne le sauver du trépas :
Lorsqu'on t'implore pour un père,
Ta bonté ne refuse pas.

La première fois que l'enfant entendit ces paroles, elle se jeta dans les bras de son amie avec une si vive sensibilité, et lui peignit si tendrement la part qu'elle prenait à son chagrin, qu'Emma, de peur de lui causer des sensations trop pénibles, ne chantait plus que rarement cette romance devant elle.

Depuis le retour de la belle saison, la jeune solitaire avait d'ailleurs repris ses travaux extérieurs, dans lesquels Henriette, alors âgée de neuf ans, l'aidait avec un grand empressement.

« Laisse-moi travailler avec toi, amie, lui disait elle ; maintenant je suis grande, je puis t'éviter bien des fatigues. Si tu savais comme je suis heureuse quand je peux faire la moitié de ton ouvrage, ou porter la moitié de ton fardeau ! » Et alors

courant dans la vallée, elle récoltait le riz
et les patates, grimpait aux arbres pour
cueillir le fruit et chercher des nids d'oiseaux, et allait aussi chercher les œufs de
tortues, qu'elle découvrait toujours avec
beaucoup d'adresse.

Un matin qu'Emma, très fatiguée encore d'une longue course qu'elle avait
faite la veille, se reposait sous le berceau
d'acacias, la petite obtint d'elle la permission de se rendre au rivage avec Azor, et
partit gaîment dans le dessein d'être ce
jour-là l'unique pourvoyeuse du dîner.
Elle trouva, selon ses désirs, une ample
provision d'œufs et de coquillages, et se
réjouit d'avance du plaisir que la vue de
ces objets allait causer à son amie. Mais,
s'étant éloignée plus qu'elle n'en avait eu
d'abord l'intention, et la chaleur étant
extrême, elle sentit le besoin de s'arrêter
avant que de retourner à la grotte, et
s'assit sous une énorme roche qui faisait
saillie, et formait comme une espèce de

13.

toit qui la garantissait de l'ardeur du soleil.

Là, avec une joie enfantine, Henriette se mit à compter ses œufs et ses coquillages, puis, sans y songer, se laissa aller au sommeil; mais, au bout d'un quart d'heure environ, les aboiements d'Azor la réveillent brusquement. Qu'on se peigne, s'il se peut, sa surprise, ou plutôt sa stupeur, lorsque, jetant les regards sur la grève, elle vit, à une certaine distance de l'endroit où elle s'était réfugiée, une barque d'où sortirent six hommes, parmi lesquels se trouvaient deux Sauvages couverts de peaux, et d'une taille si gigantesque que le plus grand des quatre autres, qui avait environ cinq pieds et demi, leur venait à peine aux épaules.

Cachée au fond de son antre, la pauvre enfant suit tous leurs mouvements avec une inexprimable anxiété. Elle voudrait aller avertir son amie; mais ceux qui causent sa frayeur tournent précisément leurs pas du côté de la caverne où est le passage : la barque, avec deux autres hommes que d'abord elle n'avait pas remarqués, les suit le long de la grève, et il n'y a d'autre moyen d'éviter leurs regards, en retournant dans la vallée, que de gravir le rocher au milieu des plantes sauvages qui le garnissent.

Cependant Azor, loin de partager les craintes de Henriette, l'a quittée pour courir après ces hommes au milieu desquels il bondit comme s'il était en délire. Deux d'entre eux se sont arrêtés à sa vue. Il les caresse avec une vive affection, et se couche à leurs pieds en poussant des cris de joie. L'un d'eux détache le collier qu'il porte, et au dedans duquel est gravé le nom de sa maîtresse.

« Se pourrait-il! s'écrie alors l'étranger éperdu, c'est lui! c'est Azor! Mais mon Emma, où est-elle? Oh! mon Dieu, ne trompez pas l'espérance d'un malheureux père! »

En disant ces mots, M. de Surville,

qu'il est aisé de reconnaître, se laisse tomber dans les bras de ses compagnons. Le bon Dominique est là aussi le cœur palpitant. Il suit Azor, qui le tire par ses habits jusqu'à l'entrée de la caverne. Il voit l'arbre planté par Emma, il voit la plaque de cuivre, pousse un cri, retourne à son maître, le presse sur son cœur, et lui dit : « Elle vit ! elle vit ! c'est sûr, moi ai vu preuve ! Venez, venez, nous trouver elle bientôt ! »

Ranimé par ces paroles, M. de Surville arrive près de l'arbre ; il n'en peut plus douter, Emma existe ; son nom est récemment gravé sur l'écorce ; il le touche, il y porte ses lèvres, il pleure ; il crie, il appelle sa fille ; mais, entré dans la caverne, il voit Azor se jeter sous la voûte souterraine, et une pensée affreuse traverse son ame : « Si elle était morte ! si c'était là son tombeau ! » dit-il d'un air égaré, à ses compagnons.

Ceux-ci se précipitent sur ses pas dans

le passage obscur; bientôt ils voient la grotte et tous les objets qu'elle renferme; au même instant une voix mélodieuse, accompagnée des sons d'une guitare, se fait entendre dans la vallée. « C'est elle! » disent en même temps M. de Surville et Dominique, en se glissant à petit bruit derrière les touffes d'arbrisseaux qui garnissent le parterre. Les deux Sauvages aperçoivent de loin Emma sous le berceau, et, la prenant pour le génie de cette contrée, ils tombent à genoux, tandis que les deux autres personnages restent immobiles d'étonnement à l'entrée de la grotte.

Emma, tout occupée de sa romance favorite, n'avait rien vu de cette scène, et redisait avec la plus touchante expression :

Quand on t'implore pour un père,
Ta bonté ne refuse pas,

lorsque, tout-à-coup, elle entend dis-

tinctement ces paroles : « Ma fille! mon
Emma! me voici! ta prière est exaucée!»
Et, en même temps, un homme s'élan-
çant du milieu des arbrisseaux la reçoit
dans ses bras, tandis qu'un autre se jette
à ses pieds dans une joie délirante.

« Mon père! mon bon père! cher Dominique! quoi! ce n'est pas une illusion!
s'écrie Emma, en baignant de ses larmes
les joues flétries de M. de Surville qui la
contemple avec extase, et dit à ceux qui
l'accompagnent : « Venez! venez tous!
c'est ma fille! mon Emma que je croyais
à jamais perdue! Ah! bénissez avec moi
ce miracle de la Providence! »

En ce moment, Henriette, qui a vu de
loin cette scène, accourt vers son amie
qui s'empresse de la nommer à son père;
mais la pauvre petite est si épouvantée à
la vue des deux effrayants colosses, dont
la large face bronzée est bizarrement sil-
lonnée par des lignes de toutes couleurs,
qu'elle se cache en pleurant derrière

Mon Père ! mon bon père ! cher Dominique ! quoi !
ce n'est pas une illusion !

Emma. Celle-ci était trop enivrée de son bonheur, pour avoir jusqu'alors remarqué les deux Sauvages; mais, cherchant quelle pouvait être la cause de l'effroi de sa jeune compagne, elle les vit et recula épouvantée.

« Ne crains rien, lui dit alors M. de Surville; ces hommes ont sauvé mes jours et ceux de Dominique; ils sont bons et humains; j'ai contracté envers eux et leurs compatriotes des obligations qui ne finiront qu'avec ma vie. »

A ces mots, Emma se tournant vers les Sauvages, les regarda avec une vive expression de reconnaissance, et se jeta de nouveau dans les bras de son père, qui lui présenta ensuite les deux autres hommes qui l'accompagnaient.

L'un d'eux, âgé de quarante ans environ, était vêtu d'un uniforme de capitaine de marine espagnole, et annonçait par la vive sensibilité qui se peignait dans ses traits, toute la part qu'il prenait à cette scène touchante; l'autre était un vénérable ecclésiastique, dont la noble figure était baignée de larmes.

« Voici encore mes libérateurs, ajouta M. de Surville; c'est à eux que je dois de te retrouver quand toute espérance était éteinte dans mon cœur.... Ah! comment m'acquitter jamais envers eux!

— Comptez-vous donc pour rien le bonheur que nous ressentons nous-mêmes de cette heureuse rencontre? dit le brave marin, qui, ainsi que l'ecclésiastique, s'exprimait très bien en français. Eh! monsieur, il n'est pas donné à l'homme de voir tous les jours de ces scènes délicieuses; et, en vérité, ce serait bien plutôt à nous à vous remercier des douces émotions que vous et votre charmante fille venez de nous faire éprouver. Quant à moi, je me sens si heureux de vous avoir amené dans cette île, que je regarde cette journée comme l'une des plus belles de ma vie.

— Oui, cher dom Antonio, interrompit l'ecclésiastique, mais n'oublions jamais que c'est à Dieu que nous devons l'heureuse inspiration qui vous a fait nous y conduire, et que notre reconnaissance doit être égale au plaisir que sa bonté nous procure.

— Oh! je me joins à vous de toute mon ame pour bénir sa merveilleuse providence, reprit dom Antonio, puisque, encore une fois, il me semble que jamais je ne fus plus heureux ; puis, prenant affectueusement la main de M. de Surville, il ajouta : « Nous ne partirons pas aujourd'hui ; car je suis sûr que vous désirerez faire connaissance avec des lieux où le bonheur vous attendait d'une manière si miraculeuse. Notre bâtiment est en sûreté dans la petite baie que nous avons découverte près d'ici ; je vais seulement y envoyer chercher les provisions qui nous sont nécessaires. » Et, en même temps, il

retourna sur la grève avec les deux Sauvages, pour donner des ordres aux matelots qui y étaient demeurés à la garde de
la chaloupe.

Pendant leur absence, M. de Surville,
l'ecclésiastique, qui était l'aumônier du
vaisseau, Dominique et Henriette furent
conduits par Emma sous le baobab, où
elle avait dressé l'autel champêtre: « C'est
ici, dit-elle au premier, en tombant à
genoux, que je venais chaque jour demander à Dieu de vous rendre à ma tendresse. O mon père! mon bien-aimé père!
bénissez votre enfant, dans le lieu même
où elle a tant gémi! »

On peut se figurer avec quelle joie
M. de Surville lui donna cette bénédic-
tion paternelle, qu'elle regardait comme
le complément de son bonheur. Le vénérable ecclésiastique y joignit la sienne,
et l'heureuse fille, élevant alors les mains
vers le Ciel, s'écria : « Maintenant, mon

Dieu, que pourrais-je vous demander, si ce n'est de me rendre toujours digne de si grands bienfaits! »

Le bon Noir la regardait en versant des larmes de tendresse : elle lui prit la main, la serra avec affection, et lui dit : « Toi aussi, cher Dominique, tu étais nécessaire au bonheur d'Emma.... »

Le retour de dom Antonio et des deux Sauvages interrompit cette scène touchante. Chacun était pressé d'apprendre comment Emma et sa jeune compagne avaient échappé à la mort, et comment elles avaient vécu dans cette île, où l'on n'apercevait aucune trace d'habitation.

La première se hâta donc de satisfaire la curiosité générale, en racontant tout ce qui lui était arrivé. On s'était assis sous l'arbre qui avait été son premier asile, et il est impossible de décrire les diverses émotions que chacun éprouva en l'écoutant.

Les deux Sauvages eux-mêmes, qui com-

prenaient assez bien le français, parurent
prendre un vif intérêt à son récit. Mais,
quelles expressions pourraient rendre les
sentiments de M. de Surville, pendant
que son Emma lui peignait tout ce qu'elle
avait souffert depuis leur séparation, et
avec quel attendrissement il lut ensuite
ce qu'elle lui avait écrit pendant sa longue solitude.

Lorsqu'il eut achevé cette lecture, l'aumônier lui prit la main, et le félicita sur
son bonheur. « C'est à l'excellente éducation que vous avez donnée à votre enfant, lui dit-il, que vous devez de la retrouver aujourd'hui si digne de votre tendresse. Qu'eût-elle fait dans ce désert,
si elle n'eût eu au fond de son cœur
la pensée de Dieu que vous y aviez
gravée dès ses plus jeunes ans? C'est dans
cette pensée qu'elle a puisé la force de
supporter ses maux, et c'est sur elle encore qu'elle s'appuiera durant les jours
heureux que, sans doute, le Ciel lui des-

tine en récompense de sa résignation dans l'adversité. »

Dom Antonio joignit ses félicitations à celles de son respectable ami; mais, craignant que de plus longues émotions ne nuisissent à M. de Surville et à sa fille, il leur proposa de retourner à la grotte, où d'amples provisions avaient été apportées du vaisseau.

Comme tout alors était changé, comme tout s'était embelli pour la jeune solitaire, et avec quel plaisir elle écoutait le son de toutes ces voix humaines que si long-temps elle avait été privée d'entendre! Appuyée sur le bras de son père, et prêtant l'oreille à ces accents qui lui semblaient la plus douce harmonie, elle était comme accablée sous le poids de son bonheur.

En rentrant à la grotte, M. de Surville admira, avec ses compagnons, l'ordre qui s'y trouvait établi : c'était dans ce lieu surtout que l'on pouvait le mieux appré-

cier tous les efforts qu'Emma avait dû
faire pour rendre sa situation supportable, et chacun trouva un plaisir infini
à se servir, pendant le dîner, des vases de
cocos et des assiettes de terre, dont elle
avait si industrieusement enrichi son ménage.

Henriette partageait trop le bonheur
de sa jeune bienfaitrice pour ne pas s'efforcer de vaincre la frayeur que lui cau-
saient les deux Sauvages, et elle se montra
si aimable, si prévenante pour M. de Surville et les autres convives, que tous dès
lors prirent à elle le plus vif intérêt.

Après le dîner, Emma, à la prière de
dom Antonio, chanta les paroles qu'elle
avait composées, et mit une telle expression dans son chant que tous les yeux se
remplirent de larmes. Quant aux deux
Sauvages, ils étaient si émerveillés, que
peu s'en fallut qu'ils ne tombassent à genoux, comme ils l'avaient fait en arrivant
dans la vallée.

Cependant le jour commençait à bais-
ser, et dom Antonio se prépara à retourner à son bord avec ces deux hommes.
On devait s'embarquer le lendemain; et,
quoique Emma eût été si long-temps malheureuse au désert, elle ne songea pas,
sans quelque regret, que c'était la dernière nuit qu'elle allait y passer. Une
autre idée l'occupait aussi : elle désirait
aller prier encore une fois près du tombeau de madame Duval, et elle demanda
à son père et au vénérable ecclésiastique
de l'y accompagner. Assurément, ce désir
était trop louable pour que tous deux
ne s'empressassent pas d'y accéder, et
aussitôt toutes les mesures furent prises
avec le brave capitaine, qui promit de
venir les joindre le lendemain matin sur
le rivage.

Après son départ, l'aumônier et Dominique se rendirent sous le baobab, qui
devait leur servir de gîte pour la nuit, et

Emma, restée avec son père, le pressa de lui raconter de quelle manière il avait échappé au danger qui le menaçait au moment de leur cruelle séparation, et par quel événement heureux il lui était enfin rendu. Mais M. de Surville, craignant que ce récit ne lui causât de trop vives émotions au moment où elle commençait à peine à se remettre de toutes celles qui venaient de l'agiter, lui demanda à le retarder jusqu'au moment où ils auraient quitté l'île, et insista pour qu'elle prît quelques heures de repos, dont elle paraissait avoir le plus grand besoin.

Emma obéit, et, après avoir offert à Dieu de nouvelles actions de grâces, elle se coucha près de Henriette; mais, pendant bien long-temps, il lui fut impossible de dormir; car il lui semblait qu'elle allait perdre quelque chose de son bonheur en cessant de regarder son père. Quant à celui-ci, il ne céda pas une seule

minute au sommeil, et la nuit entière fut
consacrée au plaisir de contempler sa
fille chérie.

Enfin, le jour parut; il fallait aller
rendre les derniers devoirs aux restes de
l'infortunée Duval. Emma, ne voulant
pas attrister le cœur de sa jeune compagne en la rendant témoin de cette lugubre cérémonie, la laissa endormie à la
garde de Dominique. Prenant ensuite son
père par la main, elle le conduisit avec
l'aumônier sur la grève, où les atten-
daient le capitaine et quelques hommes
de l'équipage, et aussitôt on se rendit à la
caverne.

Le cœur de la jeune fille se serra péniblement à la vue de ce triste lieu. « Pauvre femme! dit-elle, c'est là qu'elle a tant
gémi, c'est là qu'elle m'a confié sa fille, et
que sa vie s'est éteinte au milieu de toutes
les angoisses de la souffrance et de la
douleur.... Ah! pourquoi n'ai-je pu la

sauver de cette mort cruelle! aujourd'hui elle serait heureuse.... »

M. de Surville voyant à quel point ce souvenir affectait son Emma, la supplia de s'arrêter à quelque distance de la caverne, et tous deux se mirent en prières, tandis que le prêtre, dom Antonio et ses gens, allèrent accomplir le pénible devoir qu'ils s'étaient imposé. Chacun des assistants rapporta du désert une profonde mélancolie, et ce ne fut qu'au retour dans la jolie vallée que les fronts commencèrent à s'éclaircir.

Emma, sûre alors d'un bonheur qu'elle avait si long-temps attendu, eût bien voulu passer encore le reste de cette journée dans son île; mais dom Antonio ayant fait entendre devant elle qu'il redoutait un plus long séjour dans ces dangereux parages, où une tempête pouvait les surprendre d'un moment à l'autre, elle salua, pour la dernière fois, cette terre

qui, pendant si long-temps, l'avait nourrie;
et, tendant ensuite les bras à son père,
elle le suivit avec Henriette sur le vaisseau qui faisait route vers la rivière de
la Plata.

Le bouvreuil, le perroquet, et même
tous les objets qu'elle avait fabriqués, y
furent également transportés. Il serait su-
perflu de dire qu'Azor l'y suivit aussi.
Déjà l'histoire de ce fidèle animal était
connue sur le bâtiment. On savait qu'il
avait été le sauveur de la jeune solitaire que chacun admirait, et il fut
reçu, ainsi qu'elle, au milieu des plus
vives acclamations. Enfin, on mit à la
voile, et Emma perdit bientôt de vue les
noirs rochers où, cinq ans auparavant,
elle avait éprouvé toutes les angoisses de
la douleur.

Ce fut alors que M. de Surville, en
présence du capitaine, de l'aumônier et
de Dominique, lui fit le récit qu'elle avait
demandé la veille.

« Maintenant, lui dit-il, que le Ciel
dans sa bonté m'a rendu mille fois plus
heureux que je ne fus misérable, il me
sera difficile, ma chère Emma, de te retracer bien exactement tout ce que j'ai
souffert pendant notre cruelle séparation :
il est d'ailleurs des maux qu'on ne saurait
exprimer; mais, si tu comprends bien à
quel point tu m'es chère, tu comprendras
aussi l'affreux désespoir qui s'empara de
moi au moment où je crus t'avoir perdue
pour toujours. Ce ne fut pas tout d'un
coup cependant que je découvris l'excès
de mon malheur. Étant rentré dans la
chambre où, une heure auparavant, je
t'avais laissée avec madame Duval et la
jeune Henriette, je n'éprouvai d'abord
qu'une vive inquiétude en la trouvant
déserte; mais au même moment le lieutenant, le chirurgien du vaisseau, Dominique, et le passager qui nous avait aidés à
calfater les voies d'eau se précipitèrent
vers moi. « Ils ont pris la fuite! s'écria le

premier ; ils ont enlevé la seule embarcation qui nous restât : c'en est fait, tout
moyen de salut nous est ravi; il faut
périr !... »

Pendant que le lieutenant prononçait
ces mots, Dominique jetait autour de la
chambre des regards désespérés.

« Où est ma fille? lui demandai-je »
avec un horrible battement de cœur. « Sa
réponse fut un profond sanglot.

« Je me précipite alors au dehors, je
cours sur le pont : il est désert.... Mon
œil égaré plonge sur le vaste abîme; la
barque est déjà loin, bien loin; mais je la
distingue encore au milieu des vagues en
furie.... Tout-à-coup un éclair la frappe
de toute sa clarté. « Ils sont engloutis!
« s'écrie le lieutenant : » la barque, en effet,
avait disparu; alors je veux me précipi-
ter dans les flots, espérant te sauver ou
périr avec toi; mais Dominique, qui sans
doute prévoyait cet acte de désespoir,
m'arrache avec violence du bord du vais-

seau; le lieutenant, le chirurgien et le
passager l'aident à me retenir, et je m'éva-
nouis au milieu de cette lutte....

« Quand je revins à moi, la tempête
avait cessé, et le bâtiment s'était éloigné
de la terre. Que m'importait son sort?
La vie n'était plus rien pour moi; mon
cœur était brisé par une indicible douleur. Une fièvre brûlante me dévorait; je
tombai dans le délire, et le pauvre Dominique veilla pendant quatre jours et
quatre nuits à mes côtés, sans qu'il pût
arracher de mes lèvres un autre mot que
ton nom chéri.

« Pendant ce laps de temps, nos compagnons d'infortune eurent le chagrin de
voir mourir le brave capitaine, qui, malgré la gravité de sa maladie, n'avait pas
cessé de leur donner des conseils pour la
conduite du vaisseau. Il n'y avait plus
alors, il est vrai, aucune manœuvre possible; car, outre que nous manquions
absolument des bras nécessaires, nos agrès

avaient été presque entièrement détruits par la violence de la tempête, et, pour comble de malheur, les voies d'eau se multipliaient d'une manière si effrayante, que le plus sombre désespoir s'empara de tous les cœurs; le mien seul resta fermé à la crainte. Je n'étais pas en état de comprendre le danger de notre situation, et cette indifférence apparente irrita à tel point mes compagnons, que dès lors ils ne me regardèrent plus que comme un être aussi embarrassant qu'inutile. Dominique seul me continua ses soins généreux.

« Cependant le vaisseau voguait depuis quatre jours au gré des vents et des flots, sans que mes compagnons eussent revu la terre : ce ne fut que le cinquième jour qu'ils commencèrent à l'apercevoir. Ils étaient parvenus à former un radeau dont ils espéraient se servir. Les courants nous portaient vers la côte de la Patagonie, que le lieutenant reconnut; mais

14

cette côte était si hérissée d'écueils, qu'il
était impossible que l'on pût y aborder
sans l'aide de quelque manœuvre habile.
Enfin, l'après-midi du cinquième jour, le
vent, qui depuis la veille nous était assez
favorable, s'éleva soudain avec une telle
violence qu'il fallut abandonner tout espoir de salut pour le vaisseau, qui, à chaque minute, heurtait sur quelque bri-
sant.

« Ce fut alors que mes compagnons réso-
lurent de faire usage de leur radeau. La
terre n'était plus éloignée que d'une demi-
lieue environ; mais il y avait à peine
assez de jour pour se diriger à travers les
écueils. Un reste d'humanité les décida à
me proposer de partager leur sort : le chirurgien vint près du hamac où j'étais
étendu tout habillé; mais un coup d'œil
rapide qu'il jeta sur mes traits décom-
posés lui faisant croire que je n'avais
plus que quelques instants à vivre, ce ne
fut qu'à Dominique qu'il fit sa proposi-

tion : celui-ci accepta, à condition qu'il
m'emporterait sur le radeau; le chirurgien lui objecta que ce serait avancer ma
mort. « En ce cas, partez sans moi, ré-
« pondit mon noble ami, moi pas vouloir
« quitter maître. » Vainement le chirurgien insista. En ce moment ses compagnons l'appelèrent à grands cris; le danger
était imminent, il nous quitta, et je restai
à la garde de Dieu et du généreux Dominique.

« Malgré l'état déplorable dans lequel
j'étais réduit, continua M. de Surville,
je n'avais rien perdu de ce qui venait de
se passer, et le chirurgien nous quittait à
peine, que, réunissant le peu de forces
qui me restait, je me levai sur mon séant,
et suppliai Dominique d'accepter cette
voie de salut qui lui était offerte. Ravi de
m'entendre parler, il courut aussitôt sur
le pont pour arrêter le départ du radeau
où il voulait me porter; mais, c'en était
fait, le radeau était déjà loin, et ceux qui

14.

le montaient furent sourds à ses cris....
« Maître, ils sont partis, me dit-il en
« rentrant, mais moi pas regret; si le
« vaisseau périt, moi savoir bien con-
« duire vous à terre des Patagons. Lieu-
« tenant et chirurgien dire peuple être
« pas méchant du tout. »

« Ces mots étaient à peine articulés,
qu'un violent coup de vent, suivi d'un choc
épouvantable, fit échouer le bâtiment sur
un banc de sable, où il s'entr'ouvrit.

« Ici les expressions me manquent pour
peindre l'horreur de notre situation. L'eau
entrait de toutes parts avec une telle impétuosité, que mon généreux sauveur
n'eut que le temps de me saisir dans ses
bras, et de m'entraîner sur le côté du
vaisseau que les flots n'avaient pas encore
envahi, et où bientôt une obscurité complète nous environna. Cramponnés à tout
ce que nous pûmes saisir, trempés par les
lames qui fondaient à chaque instant sur
nous, transis de froid et abîmés par les

efforts qu'il nous fallait faire pour résister aux coups de vent, nous comptâmes par une nouvelle souffrance chacune des minutes de cette nuit terrible.

« Qui le croirait? ce fut cependant au milieu de cet état affreux que je recouvrai des forces et sentis renaître au fond de mon cœur cet amour de la vie, qui paraissait y être si complètement éteint quelques heures auparavant. Comment en effet eussé-je encore dédaigné l'existence, quand mon cher Dominique venait de me dévouer si généreusement la sienne? Soutenu par ses efforts, je luttai donc avec lui contre les vents et les flots déchaînés, et, quand je revis la lumière du jour, quand j'aperçus la terre, qui n'était plus éloignée de nous que d'une portée de fusil tout au plus, mon premier mouvement fut un mouvement de joie....

« Ce ne fut cependant qu'au bout de plusieurs heures que nous pûmes franchir à la nage la distance qui nous séparait des

côtes ; et ce trajet, quelque court qu'il
fût, eût été encore bien au dessus de mes
forces, si Dominique n'y eût suppléé par
son courage. Lorsque nous eûmes touché
le sol, il me tint pendant plusieurs minutes serré dans ses bras, et me dit d'une
voix étouffée : « Maintenant, bon maître,
« vous bien vouloir vivre, n'est-ce pas,
« pour pauvre Dominique? » J'étais si
profondément touché de son affection,
qu'il me fut impossible de lui répondre
autrement que par une vive étreinte;
mais il me comprit, et parut rassuré.

« Hélas ! un coup d'œil jeté sur la terre
où nous nous trouvions, comprima bientôt ces doux élans de nos cœurs : c'était
un sol aride et sans verdure, où nous n'a-
percevions aucune trace d'habitation humaine.

« D'abord, nous avions eu l'espoir de
retrouver sur cette terre déserte les compagnons qui nous avaient délaissés la
veille; mais Dominique eut beau appeler,

nous n'en vîmes venir aucun, et une
sombre tristesse s'empara de nous; car
nous souffrions l'horrible tourment de la
faim et de la soif, nous étions transis de
froid l'un et l'autre, et il fallut cependant
remettre les vêtements mouillés que nous
avions ôtés avant que de nous jeter à la
mer, et que nous avions attachés en
paquets sur nos têtes.

« O mon cher Dominique! m'écriai-je,
« pourquoi n'as-tu pas suivi hier les gens
« du vaisseau? Avec eux du moins tu au-
« rais pu trouver quelque ressource dans
« ce désert, tandis qu'avec moi tu n'es
« sorti d'un danger que pour tomber dans
« toutes les horreurs de la misère.

— « Puisque Dieu a sauvé nous, lui
« pas abandonner maintenant, me répon-
« dit-il. »

« Ces mots me rendirent à moi-même;
je tombai à genoux; il m'imita, et nous
implorâmes ensemble l'assistance divine.
Après cette prière, je me sentis un peu

moins découragé, et, m'appuyant sur le
bras de mon généreux ami, je m'éloignai
des bords de la mer. Bientôt des traces de
pieds d'hommes nous rendirent l'espérance de retrouver nos compagnons d'infortune; mais bientôt aussi cette espérance s'anéantit; car un immense champ
de bruyères desséchées nous fit perdre ces
précieuses traces que nous suivions avec
tant d'ardeur.

« Épuisé de souffrance et de lassitude,
je m'assis, et regardai tristement celui qui
partageait mes maux : tous deux nous
gardions un morne silence; car la douleur
se tait quand elle est excessive. Tout-à-
coup Dominique, qui se tenait debout
devant moi, s'écrie : « Des hommes! des
« hommes! courage, bon maître! nous pas
« mourir de faim! » Et, en même temps, il
s'élance au devant d'une troupe de cava-
liers qui venait d'entrer dans le champ
de bruyères, et se dirigeait du côté où
nous nous trouvions.

« Ces hommes, au nombre de six, des-
cendirent de cheval dès qu'ils l'aperçu-
rent, et l'abordèrent joyeusement en faisant plusieurs gestes d'amitié et en criant
chaoua! mot que je sus depuis être une
salutation.

« Tous étaient d'une taille extrêmement
élevée. Le plus petit d'entre eux avait au
moins cinq pieds six à sept pouces, et la
grosseur de leur tête bronzée était aussi
très remarquable. Un peu étourdi à la
vue de ces colosses, mais rassuré ensuite
par leurs manières ouvertes et enga-
geantes, Dominique leur fit entendre que
nous avions besoin de leur secours.

« En ce moment, je me traînais vers eux
aussi vite que pouvait me le permettre ma
faiblesse. Ils m'épargnèrent la moitié du
chemin en accourant vers moi, et en ré-
pétant à tue-tête *chaoua! chaoua!* Lorsqu'ils m'eurent joint, ils me tendirent les
mains, et deux d'entre eux, les mêmes
qui m'accompagnent aujourd'hui, pous-

14..

sèrent la courtoisie jusqu'à venir me serrer dans leurs bras; mais Dominique,
craignant que la répétition de démonstra-
tions si vives n'achevât de m'ôter les
forces qui me restaient, leur fit comprendre par signes que j'étais très souffrant, et que j'avais un besoin pressant
de nourriture. Alors ces deux mêmes
hommes lui firent signe à leur tour qu'ils
allaient me transporter à leur habitation,
et, ayant fait avancer leurs chevaux, ils
m'enlevèrent comme une plume, me
placèrent sur l'une de leurs montures,
en donnèrent une également à Dominique, et, en peu d'instants, nous arri-
vâmes à leurs cabanes, recouvertes en
peaux, où je vis plusieurs femmes et des
enfants assis autour d'un énorme foyer,
dont je m'approchai pour sécher mes
hardes et réchauffer mes membres engourdis. Nos hôtes compatissants s'em-
pressèrent alors de m'apporter de la
viande crue et d'une racine nommée ca-

pac, dont ils faisaient leur nourriture
habituelle. Je leur exprimai ma reconnaissance le mieux qu'il me fut possible;
mais, quelle que fût la faim dont j'étais
dévoré, je ne pus me décider à manger
ces aliments sans qu'ils fussent cuits. Dominique devinant ma répugnance, prit
sans façon l'un des morceaux de viande
que l'on nous avait apportés, et le fit
rôtir sur des charbons ardents. Nos braves
Patagons le regardèrent faire sans témoigner aucune surprise : ce qui se manifestait le plus en eux était une extrême
attention à me considérer et une vive
compassion pour les maux qu'ils me
voyaient souffrir.

« Cette douce pitié chez ces hommes de
la nature, me toucha jusqu'aux larmes.
Étendu près de leur foyer, je leur pressai
les mains tour-à-tour en leur témoignant
par mes regards les sentiments dont mon
cœur était pénétré : ils entendirent apparemment ce langage muet; car, dès cet

instant, ils parurent prendre à moi un
intérêt encore plus vif, et ne furent plus
occupés qu'à chercher les moyens de me
soulager. S'étant aperçus que mes habits
ne séchaient pas assez vite, ils me firent
signe de les ôter, et me présentèrent en
échange plusieurs peaux de guanaques, de
vigognes, et de sourillos, dont je m'en-
veloppai de la tête aux pieds.

« Ce fut pour moi un grand soulagement;
mais j'eus à peine quitté mes vêtements,
que je vis nos Sauvages très occupés à les
examiner : les boutons de métal qui garnissaient mon habit et mon gilet attirè-
rent surtout leur attention; ils furent ensuite bien autrement frappés à la vue de
ma montre à répétition, qui se trouvait
attachée à mon cou par une chaîne d'or.
Dominique en avait une aussi, et ces
deux bijoux piquèrent si vivement leur
curiosité, qu'ils restèrent plus de deux
heures plongés dans l'extase en les regardant.

« Pendant cet intervalle de temps, je
m'étais parfaitement réchauffé, j'avais pris
un peu de nourriture, et je me trouvais
sinon tout-à-fait bien, du moins beaucoup plus en état de répondre aux prévenances de nos hôtes. Dominique, par
des signes pleins d'intelligence, réussissait
merveilleusement à se faire entendre d'eux.
Ainsi, il leur raconta notre désastre, et
leur demanda s'ils avaient vu nos compagnons d'infortune. Leur réponse négative
nous fit penser que ces derniers, après
avoir marché pendant quelque temps sur
la grève au haut de laquelle se trouvait
le champ de bruyère où je m'étais arrêté,
avaient suivi depuis une autre route que
celle qui conduisait aux cabanes de nos
hôtes, et qu'ils s'étaient enfoncés ensuite
dans l'intérieur des terres, espérant y
trouver quelque habitation. Divers ren-
seignements que j'obtins plus tard me
prouvèrent que cette conjecture était
fondée; car plusieurs insulaires m'ont as-

suré avoir vu ces trois Européens; mais ils ne purent me dire sur quel point ils avaient porté leurs pas, et j'ai quitté la Patagonie sans savoir ce qu'ils sont devenus. Puisse le Ciel leur avoir envoyé comme à moi de généreux libérateurs, continua M. de Surville en regardant le capitaine et l'aumônier! car la vie qu'on mène sur cette terre de désolation est mille fois plus terrible que la mort même. Mais je reviens à mon récit.

« D'après les signes de Dominique, nos hôtes comprirent très bien que le vaisseau était échoué près de la côte, et bientôt quatre d'entre eux montèrent à cheval pour aller voir s'ils pourraient en tirer quelque chose; mais ils revinrent peu de temps après d'un air assez désappointé nous annoncer qu'ils n'avaient vu que des débris qu'il était impossible d'atteindre.

« Pendant leur absence, les enfants, qui d'abord s'étaient montrés assez timides, se rapprochèrent peu à peu de mes habits

étendus près du foyer, et les boutons
furent de nouveau examinés avec une
vive curiosité. J'en détachai alors quelques-uns que je leur offris; mais leurs
mères tendirent aussi les mains pour obtenir une part de ce précieux cadeau, et il
fallut sacrifier la totalité des boutons à
leur avidité.

« Ce don, si peu important en lui-même,
me valut un redoublement d'obligeance
de la part de ces bons Sauvages; ils nous
abandonnèrent à Dominique et à moi la
jouissance de l'une de leurs cabanes, et
j'y dormis pendant plusieurs heures d'un
sommeil assez paisible; mais en m'éveillant je retrouvai le souvenir de ta perte,
ma chère Emma, et je sentis que l'existence allait devenir pour moi un affreux
supplice. Il fallut cependant cacher à Dominique une partie du sombre chagrin
qui me dévorait; car, ce qu'il redoutait le
plus était de m'y voir succomber, et je
devais trop de reconnaissance à son dé-

vouement et à son affection pour ne pas
m'efforcer de calmer ses alarmes.

« Résolu à tout braver pour ne pas le
laisser seul dans cette triste contrée, où
la compassion de quelques pauvres Sauvages allait être notre unique appui, je
consentis, deux jours après, à suivre nos
hôtes, qui se préparaient à une nouvelle
excursion sur les bords de la mer, où ces
peuples nomades ont coutume de séjour-
ner pendant l'été.

« Errant dans des plaines immenses, et
toujours à cheval avec leurs femmes et
leurs enfants, ils suivent le gibier ou les
bestiaux dont ces plaines sont couvertes,
se nourrissant de viande crue et de racines, se vêtissant et se cabanant avec
des peaux, et ayant avec eux un grand
nombre de chiens, qui leur servent pour
la chasse.

« Les Patagons sont généralement bien
faits et d'une taille très élevée; toutefois
je n'en ai pas vu qui eussent plus de six

pieds deux à trois pouces. Ainsi que tu as pu le remarquer, ma chère Emma, chez ceux qui m'accompagnent, leur figure bronzée n'aurait rien de dur ni de désagréable, s'ils ne la gâtaient pas en la sillonnant de lignes de diverses couleurs. Leurs yeux sont pleins de vivacité, et la blancheur de leurs dents est remarquable. Ils portent de longs cheveux noués sur le sommet de la tête qu'ils ont toujours nue.

« Quoique leur vie soit errante, à la manière des Tartares, et qu'ils mangent la chair crue, leur caractère n'a rien de féroce. Beaucoup d'entre eux ont même de la douceur et de la docilité dans les manières.

« Les femmes ne sont pas aussi grandes que les hommes; mais elles les égalent en grosseur, si elles ne les surpassent pas. Comme eux, elles ont un vêtement de peaux attaché autour du corps par une ceinture, et elles supportent merveilleusement la fatigue des voyages, l'intempérie des saisons, et tous les travaux auxquels elles sont assujetties.

« La religion des Patagons se borne à adorer un démon nommé *Setebos*, qu'ils prétendent être le chef de dix à douze autres démons nommés *Cheleoule*. Ces peuples aiment généralement le chant et la danse; ils parlent beaucoup, et leur langage n'a rien de désagréable; mais quelle qu'ait été notre application, à Dominique et à moi, pour le comprendre, nous n'avons pu y parvenir, et je ne me suis fait entendre, dans la suite, de quelques-uns des hommes de notre troupe, qu'en leur apprenant un peu de français ou d'espagnol, selon qu'ils montraient plus ou moins de facilité pour l'une de ces langues.

« Du reste, la vie errante qu'il nous fallut mener avec ces Sauvages était peu propre à ce genre d'enseignement; car

nous les suivîmes souvent des journées
entières sans avoir le temps d'entrer en
conversation avec eux.

« La chasse étant pour ces peuples d'une
nécessité absolue, ils ont pour cet exercice une ardeur extrême et une adresse
merveilleuse. Leurs armes sont alternativement l'arc et les flèches ou deux pierres
rondes recouvertes en cuir, qu'ils portent
toujours à leur ceinture. Ces pierres, at-
tachées aux deux bouts d'une corde de
boyau de huit pieds de long à peu près,
leur servent comme d'une fronde pour
arrêter les animaux qu'ils poursuivent, et
ils la lancent avec une telle dextérité,
qu'ils atteignent à cinquante pieds de distance, avec les deux pierres à la fois, un
but de la plus petite dimension. Leur
usage néanmoins n'est pas d'en frapper
les guanaques ni l'autruche, lorsqu'ils
font la chasse de ces animaux : ils lancent
leurs pierres de manière que la corde
rencontrant les jambes de l'autruche, ou

deux de celles du guanaque; les enveloppe par la force et le mouvement de rotation des pierres, et l'animal arrêté dans sa fuite devient alors aisément la proie du chasseur.

« Les arcs dont se servent les Patagons sont courts et massifs, et les pointes de leurs flèches sont faites avec une espèce de pierre à fusil, dont ils fabriquent aussi des outils tranchants pour travailler le bois. Dominique sachant très bien manier cette arme, leur fut utile dans leurs chasses; mais ma santé déclina bientôt si visiblement, qu'il fallut que le pauvre garçon restât souvent des semaines entières auprès de moi dans quelque hutte abandonnée que nous trouvions sur notre chemin, et où nos bons Sauvages venaient ensuite nous rejoindre lorsqu'ils avaient terminé leurs courses. Quoique souffrant et très faible, je dus les suivre, à chaque mauvaise saison, dans l'intérieur des terres, et alors notre troupe se grossissait de

quelques-unes de celles que nous rencon-
trions..

« Durant le long séjour que je fis au
milieu de ces Sauvages, j'eus presque
toujours à me louer de leur humanité;
mais les maux que j'endurai pendant
cette vie errante devinrent si intolérables, que je dépérissais à vue d'œil, et
que le pauvre Dominique perdit l'espérance de me voir sortir de cet état de
langueur. Il se désolait sans oser me communiquer ses craintes; mais je les lisais
dans son regard morne et pensif, et quel
que fût l'excès de ma misère et de ma
douleur, je souhaitais encore vivre pour
cet ami fidèle.

« Enfin, le Ciel qui me destinait un bonheur mille fois plus grand que mes maux
ne l'avaient été, amena, il y a quelques
semaines, dans cette contrée sauvage, les
respectables amis que tu vois devant toi,
ma chère Emma. Nous étions heureuse-
ment alors sur la côte où ils abordèrent.

Ce fut Dominique qui les vit le premier, et qui les amena dans la hutte où je languissais sous le poids de mes souffrances.

« Les soins empressés dont ils me comblèrent produisirent sur moi un effet si merveilleux, que je ne tardai pas à me rétablir assez pour être en état de seconder le zèle de notre vénérable aumônier pour mes bons Sauvages, dont j'avais commencé l'instruction religieuse, et auxquel il eut la satisfaction de donner le baptême.

« Le généreux don Antonio, oubliant que je n'étais pour lui qu'un pauvre étranger que sa compassion allait arracher a sort le plus déplorable, me fournit ensuite tous les moyens nécessaires pou m'acquitter envers la troupe qui m'avai si charitablement secouru.

« Nous laissâmes aux hommes des couteaux, plusieurs instruments aratoires dont nous leur montrâmes l'usage; de graines de diverses plantes inconnues dan ces contrées, et des animaux vivants qu'il

avaient admiré dans le vaisseau, où plusieurs d'entre eux avaient passé quelques
heures. Leurs femmes aussi eurent part
aux largesses de mes généreux libérateurs.
On leur donna des grains de verroterie et
les petits miroirs, qui les jetèrent dans
un véritable ravissement.

« Ces bons insulaires poussèrent des cris
de douleur en se séparant de nous, et
ceux d'entre eux, qui s'étaient particuliè-
ement attachés à moi, montrèrent un si
vif désir de nous accompagner, que don
Antonio ne put résister à leurs instances,
et leur promit même de les faire ramener
sur leur terre natale, dès qu'ils auraient
acquis quelques connaissances utiles à
leurs compatriotes.

« Tu concevras facilement, ma chère
mma, avec quelle joie je quittai cette
iste contrée, où j'avais épuisé tous les
genres de douleur et de misère. Cette joie
néanmoins était cruellement empoisonnée
par mes déchirants souvenirs : j'allais re-

voir les funestes parages où je croyais
t'avoir perdue pour toujours; j'allais retrouver peut-être une situation prospère,
et mon Emma, ma fille chérie, n'était
plus là pour la partager. Ces idées pleines
d'amertume me poursuivaient jusque dans
mes songes, et quels que fussent mes efforts
pour les renfermer au fond de mon ame,
il était impossible que mes généreux libérateurs ne devinassent pas une partie de
ma souffrance. Plus nous approchions du
terme de notre voyage, et plus je me sentais accablé du vide immense que tu
m'avais laissé.

« Ce fut dans cette situation d'esprit que
j'abordai, avec ces dignes amis, dans l'île
où tu gémissais depuis près de cinq ans.
Le besoin de renouveler notre provision
d'eau nous y conduisait. Juge des sentiments dont je fus saisis lorsque ton fidèle
Azor, que Dominique et moi nous recon-
nûmes aussitôt, vint nous combler d
caresses, et nous conduisit vers l'arbre sur

lequel tu avais cloué la plaque de cuivre!
O mon Emma, on ne meurt pas de joie,
puisque j'ai pu résister à la mienne en
trouvant cette preuve de ton existence,
et en te serrant ensuite dans mes bras. »

———

CHAPITRE XII.

> Oh! quel cœur si mal fait n'a tressailli
> au bruit des cloches de son lieu natal,
> et de ces cloches qui frémirent de joie
> sur son berceau, qui annoncèrent son
> avènement à la vie, qui marquèrent le
> premier battement de son cœur, qui pu-
> blièrent dans tous les lieux d'alentour
> la sainte allégresse de son père, les
> douleurs et les joies encore plus ineffa-
> bles de sa mère! Tout se trouve dans
> les rêveries enchantées où nous plonge le
> bruit de la cloche natale : religion, fa-
> mille, patrie, et le berceau et la tombe,
> et le passé et l'avenir.
>
> M. DE CHATEAUBRIAND.

On peut se figurer avec quelle sorte d'intérêt Emma avait écouté le récit qu'on vient de lire, et combien elle se sentit pénétrée de reconnaissance envers les généreux amis qui lui avaient conservé le cher auteur de ses jours; mais aucun d'eux ne souffrit qu'elle leur exprimât ce sentiment; car tous trois partageaient trop son bonheur pour vouloir en être remerciés.

Il y a tant de plaisir à voir les heureux qu'on a faits, que le bon capitaine ne se lassait pas de contempler le père et la fille et de leur donner de nouveaux témoignages de son affection. Ses prévenances et ses soins ne se démentirent pas un seul instant durant le voyage : c'était chaque jour une fête nouvelle inventée pour récréer Emma et sa jeune compagne.

Dès que le vaisseau fut entré dans la rade de Buénos-Ayres, l'une et l'autre furent pourvues de tout ce qui leur était nécessaire pour paraître d'une manière convenable avant le débarquement, et un habillement plein de goût remplaça l'accoutrement du désert. Henriette était dans un véritable ravissement de cette métamorphose ; mais, tandis qu'elle s'extasiait sur toutes les merveilles qui frappaient ses regards, ses amis eurent à déplorer de nouveaux chagrins.

15.

Le parent auprès duquel ils se rendaient avait terminé son existence depuis quatre ans, et M. de Surville, que cette mort affligeait profondément, ne put entrer en possession de l'héritage que ce parent lui avait laissé qu'après avoir rempli des formalités qui demandèrent un temps considérable. Le zèle et l'amitié de dom Antonio et du bon ecclésiastique ne se ralentirent pas dans cette circonstance; et, pendant près d'une année que durèrent les entraves judiciaires, M. de Surville trouva constamment en eux les secours et l'appui dont il avait besoin.

Enfin, grâce à ces amis si dévoués, il devint possesseur non-seulement de la riche habitation de son parent, mais de plusieurs sommes considérables qui se trouvaient sagement réparties sur diverses banques d'Europe; et il vit avec un plaisir extrême qu'il aurait peu de difficultés pour transporter la plus grande partie de sa fortune dans le beau pays où sa fille était née, et où le rappelaient lui-même des souvenirs toujours chers à son cœur. « C'est là, se disait-il, que mon Emma sera véritablement heureuse; mais cachons-lui ces riants projets jusqu'à ce que je puisse les mettre à exécution; car trop souvent le bonheur qu'on espère décolore celui qui est à notre portée. »

Emma ignorait donc les nouvelles dispositions de son père, et était même fort éloignée de les pressentir. Elle avait tant souffert d'être séparée de ce père chéri, qu'il était impossible qu'elle ne se trouvât pas heureuse, quelle que fût la contrée qu'elle habitât. Néanmoins sa pensée se reportait encore vers les jours de son enfance, et alors, comme au désert, elle revoyait en imagination le tombeau de sa mère, les arbres où elle allait s'asseoir, les champs où elle folâtrait avec son fidèle Azor, et un soupir étouffé s'échappait de son sein.... O patrie! tu n'es pas un vain

mot : Emma le sentait bien aux battements précipités de son cœur, en songeant
à notre belle France! Mais elle s'efforçait
d'écarter ce souvenir trop cher, pour ne
s'occuper que du bonheur de tout ce qui
l'entourait.

Henriette, si long-temps sa compagne
d'infortune, partageait alors son heureuse
situation ; car on avait fait d'inutiles
démarches pour découvrir le père de cette
enfant : il avait quitté Buénos-Ayres sans
laisser aucune trace de sa destinée ; et tout
en déplorant le malheur qui frappait sa
jeune amie dans les auteurs de ses jours,
Emma ne pouvait s'empêcher d'éprouver
une joie secrète en pensant qu'elle ne serait pas séparée d'elle.

Enfin M. de Surville a terminé toutes
ses affaires. Il s'est noblement acquitté
envers dom Antonio, l'aumônier et ses
amis les sauvages. Ces derniers sont retour-
nés dans leur pays, chargés de nombreux

présents qui feront vivre long-temps son souvenir parmi les bons insulaires qui l'accueillirent dans sa détresse.

Un vaisseau allait mettre à la voile : Emma y fut conduite avec son Henriette, Dominique et Azor. Elle savait alors qu'elle retournait vers le sol natal; tout son être était dans un inexprimable ravissement.

« Qu'il y a de plaisir à voir fuir ainsi derrière soi la terre étrangère ! » dit-elle au moment où le navire s'éloignait de la rade; puis, se jetant au cou de son père, elle ajouta, en versant des larmes : « Prions ensemble pour que Dieu bénisse ce retour que j'osais désirer, sans le croire possible. »

Cette prière fut entendue; car jamais voyage ne fut plus heureux, et notre Emma revit enfin les côtes de Brest, qu'elle avait quittées avec tant de regret six ans auparavant.

Debout sur le pont, le col tendu, et tenant d'un côté la main de son Henriette et de l'autre celle de son père, elle dit à ce dernier : Il ne manque là qu'Eugénie et Cécile ; mais encore quelques instants, et nous les verrons ! »

Bientôt, en effet, le vaisseau entre dans le port, et M. de Surville, pour satisfaire à l'impatience de sa fille et à celle qu'il éprouve lui-même, laisse à Dominique le soin de faire transporter les bagages à un hôtel qu'il lui désigne, et il se rend aussitôt avec Emma et Henriette chez l'honnête négociant qui l'avait autrefois si obligeamment accueilli. Emma courait plutôt qu'elle ne marchait dans les rues de Brest, et pourtant elle eût voulu s'arrêter à chaque pas ; car elle entendait parler français, elle voyait des compatriotes, et elle avait vécu au désert !

Enfin, elle arrive à la porte du négociant, mais cette porte et tous les volets sont fermés ; M. de Surville frappe ; une vieille femme vient ouvrir ; c'est l'ancienne domestique de la maison :

« Où sont vos maîtres ?

— Mes maîtres ? Ah! Monsieur, vous ignorez donc..... Le pauvre homme! il n'a pu résister à son chagrin; ses affaires allaient de mal en pis..... oh! il a tout payé avant que de mourir. Mais ses pauvres demoiselles! hélas! elles travaillent pour nourrir leur mère......

— Où sont-elles ? s'écrie Emma.

— Là, dans cette maison que vous voyez d'ici, à main droite, chez la lingère, qui les loge par charité dans sa mansarde..... »

Le père et la fille n'en écoutent pas davantage; ils traversent l'allée de la lingère, montent l'escalier jusque sous les toits; la porte de la mansarde est ouverte; une femme, dont le malheur a flétri les traits, est étendue sur un misérable grabat près duquel travaillent deux jeunes filles vêtues de noir. Toutes deux versent des larmes.

« Chère Eugénie! chère Cécile! c'est

votre amie , c'est Emma qui vient pleurer avec vous, » s'écrie cette dernière en pressant tour-à-tour les deux sœurs dans ses bras.

C'était la première fois que ces infortunées goûtaient la consolation de voir partager leur chagrin ; car le malheur a peu d'amis, et , depuis leur ruine, elles n'avaient obtenu qu'une froide et insultante pitié.

Dès le lendemain , tout fut changé autour d'elles : la maison de commerce de la lingère était à vendre ; M. de Surville l'acheta , et y établit la veuve et ses deux filles. Oh ! comme Emma le remercia de ce bienfait ! quel bonheur elle goûta à voir ses amies quitter leur vilaine mansarde pour aller s'installer dans une maison propre et commode, où leur industrieuse activité pouvait leur assurer encore une honnête aisance !

« Ah ! celui qui donne est mille fois plus heureux que celui qui reçoit », disait-

elle tout bas à son vertueux père, en contemplant la veuve et ses enfants. Jusqu'ici
je n'ai pas songé à me réjouir de nos richesses, mais maintenant elles me deviennent précieuses puisqu'elles peuvent nous
procurer de semblables jouissances. »

Il entrait dans les arrangements de M. de
Surville de passer quelque temps à Brest
avant de choisir le lieu où il fixerait sa rési-
dence, et Emma trouvait trop de plaisir à
être auprès des deux sœurs pour se plaindre
de la prolongation de ce séjour. Cependant, au bout d'un mois, Dominique, qui
avait été faire un voyage, revint d'un air
fort satisfait, et le départ fut fixé au lendemain.

C'était vers son pays qu'Emma allait
être conduite, et ses adieux à ses amies de
Brest furent beaucoup moins tristes qu'ils
ne l'avaient été la première fois.

Assise dans la voiture, entre son père et
la jeune orpheline dont la Providence lui
avait confié le bonheur, elle leur montre

dans un inexprimable ravissement les
lieux qu'elle parcourt. C'est la France!
c'est cette France qu'elle a tant regrettée
au désert! Comme alors toutes ses pensées
sont douces! que la vie lui paraît belle!

Le matin du second jour, la jeune
voyageuse, fatiguée d'une nuit assez pénible, descendit de la chaise de poste pour
respirer l'air frais. Elle ignorait dans quel
endroit elle se trouvait alors; mais la campagne était si jolie, si riante, qu'elle trouvait un grand plaisir à l'admirer. Appuyée sur le bras de son père, et donnant
la main à son Henriette, elle leur parle
avec abandon des jours heureux de son
enfance. Tout-à-coup le son d'une cloche
se fait entendre au loin; Emma s'arrête
palpitante:

« Mon père! c'est la cloche de notre
église! entendez-vous? » En même temps
elle verse des larmes de bonheur, contemple avec extase le sol natal, qu'elle
n'avait pas reconnu, puis se jette dans les

bras de son père. Tous deux, pleins d'une indicible émotion, marchent ensuite à pas précipités, tandis que Dominique, qui est aussi descendu de voiture, les suit avec la petite fille. Ils ont vu l'église; ils ont reconnu chaque chaumière, où naguère leurs modestes bienfaits allaient tarir les larmes de l'infortune. Ils aperçoivent le cimetière, le tombeau où repose une mère, une épouse chérie : c'est ce tombeau qui aura leur premier hommage, la première expression de tous les sentiments qui se pressent dans leur ame. « O ma mère! nous voici! » s'écrie Emma en tombant à genoux et en appliquant ses lèvres sur la pierre où Dominique autrefois apporta son berceau. Long-temps Emma et M. de Surville restent absorbés sur cette pierre funèbre ; mais, comme autrefois, leur ami est là derrière eux.

« Venez, venez, leur dit-il, vous plus livrer à chagrin maintenant; Dieu a voir été si bon pour nous! » Puis il les entraîne et prend le chemin du château.

« Où nous conduis-tu? lui demande Emma; sais-tu si l'on nous permettra d'entrer?

— Si moi pas sûr d'être bien venu, moi pas conduire, » répond l'excellent homme; en même temps il ouvre une petite porte du parc, et bientôt Emma voit venir vers elle la vieille concierge près de laquelle elle passa les premières années de son enfance, et une foule de bons villageois qui poussent de vives acclamations pour lui témoigner la joie qu'ils éprouvent de son retour.

Emma, tout en partageant leur satisfaction, craint cependant que leurs cris n'interrompent les habitants du château; mais son père lui dit : « Rassure-toi, chère enfant, il n'y a plus ici d'autres maîtres que nous, cette propriété nous appartient : c'est une surprise que Dominique et moi nous avons voulu te faire, son voyage pendant notre séjour à Brest n'avait pas d'autre but.

A ces mots, Emma se jette de nouveau dans les bras de son père et s'écrie : « C'est trop de bonheur ! »

Ce bonheur, en effet, était bien grand; mais quand Dieu récompense, c'est toujours à pleines mains qu'il répand ses dons, et la pieuse Emma avait mérité ceux dont il la comblait, par sa résignation dans l'infortune, et par ses autres vertus dans la prospérité.

FIN.

ON TROUVE

chez les mêmes libraires :

BEAUX TRAITS de l'Histoire ancienne, extraits de Rollin, par M. Lécluse, doyen de la Faculté des lettres de Toulouse. 1 vol. in-12, très joliment imprimé, orné de 4 jolies fig., titre gravé et couverture imp. Paris, 1834. 3 fr. 50 c.

BEAUX TRAITS DE L'HISTOIRE DES NAUFRAGES, ou Récits des aventures les plus curieuses des marins et des voyageurs célèbres, par M. A. 1 vol. in-12, orné de 4 jolies fig., et titre gravé. 1834. 3 fr. 50 c.

ÉCOLE (l') DES MŒURS DU JEUNE AGE, Extrait de Blanchard, par M. l'abbé G. ; 2e édit. 1 vol. in-12, orné de 4 jolies fig., titre gravé. 1834. 3 fr. 50 c.

SOUVENIRS (Les) D'UNE MÈRE DE FAMILLE, ou Contes et Nouvelles pour servir à l'instruction et à l'amusement de la jeunesse, par Mme Woillez, 1 vol. in-12, orné de 4 jolies fig., titre gravé et couverture imprimée, 3 fr. 50 c.

NOUVEAU (Le) VOYAGEUR DE LA JEUNESSE, contenant un abrégé succinct de l'histoire des principaux pays des 5 parties du monde, avec une description des mœurs et usages de ses habitans ; suivi d'anecdotes historiques et intéressantes qui les caractérisent, par M. l'abbé Gaudreau. 1 vol. in-12, orné de fig. Couv. imp., 2e édition, 1833, 3 fr. 50 c.

VIES ET AVENTURES DES VOYAGEURS,
extraites des relations les plus curieuses, et faisant
suite au nouveau Voyageur de la Jeunesse dans les
cinq parties du monde; par Mme Woillez. 1 vol. in-12;
orné de 4 jolies figures, titre gravé, et couverture
imprimée. 2e édit. *Paris*, 1833,   3 fr. 50 c.

**CONTES A MA PETITE FILLE ET A MON
PETIT GARÇON,** pour les amuser, leur former
un bon cœur et les corriger des petits défauts de leur
âge; par Mme de Renneville, augmentés par Mme W.
8e édition. 1 vol. in-12, gros caractère, orné de 24
jolies fig.   3 fr.

CONTEUR (Le) **DES ÉCOLIERS,** ou Récits d'un
vieux marin devenu portier d'un collége; par P. C.,
auteur du Mentor de l'Enfance, du Parfait jeune
Homme, etc.; 6e édit., revue et augmentée, et
ornée de cinq jolies gravures. 1 vol. in-12. *Paris*,
1833.   3 fr. 50 c.

BIBLIOTHÈQUE (Petite) **PORTATIVE DE LA
JEUNESSE,** par madame la comtesse de Nardouet.
1 vol. in-12, orné de 4 jolies gravures et d'une couverture imprimée. *Paris*, 1833.   3 fr. 50 c.

DICTIONNAIRE (Petit) **DE LA LANGUE
FRANÇAISE,** suivant l'orthographe de l'Académie, contenant tous les mots qui se trouvent dans
le Dictionnaire de l'Académie, et plus de 4000 mots
qui ne s'y trouvent pas, avec la prononciation lorsqu'elle est irrégulière; par Hocquart. 6e édition,
revue *avec soin*, par M. F. D. et W., docteur ès-
lettres; et augmenté d'un petit tableau synoptique

des villes de France; avec leur population et la distance de Paris. 1 vol. petit in-16, orné de 32 portraits et d'une jolie petite carte routière de France, par PERROT. 2 fr 50 c.

—Relié, basane, filets, 3 fr. 50 c.

— Relié, veau gaufré, 5 fr.

Ce petit Dictionnaire, très correct, et le plus complet dans ce genre, est adopté dans un grand nombre de séminaires, colléges et pensionnats des deux sexes :

CHOIX de jolis petits contes et historiettes de Berquin. 1 vol. in-18, orné de 24 fig. 1833. 1 fr. 50 c.

CHOIX (Nouveau) de jolies histoires intéressantes et morales; 1 vol. in-18, très bien imprimé et orné de 4 jolies figures, couverture imprimée. 1 fr. 50 c.

FABLES DE FLORIAN, 1 vol. in-18, orné de 16 jolies fig., titre gravé, 1830. 1 fr. 50 c.

FABLES DE FÉNÉLON, 1 vol. in-18, 5 figures, titre gravé. 1 fr. 50 c.

HENRI ET MARIE, ou les Orphelins, traduit de l'allemand; par madame Woillez. 1 vol. in-18, orné de 4 jolies figures, et d'une couverture imprimée. *Paris*, 1833. 2 fr.

MÈRE (La) **DE FAMILLE**, ou Contes à mes Enfans; par madame de Courval. 3e édition. 1 vol. in-18, orné de 4 jolies figures et d'une couverture imprimée. *Paris*, 1833. 1 fr. 50 c.

PETITE ENCYCLOPÉDIE DES ENFANS,

traduit de l'anglais par madame de Courval. 1 vol. in-18, orné de jolies gravures, et couverture imprimée ; 4e édition. *Paris*, 1833.   1 fr. 50 c.

RÉCRÉATIONS DU JEUNE AGE, ou historiettes instructives et morales, 1 vol., orné de 7 jolies figures. *Paris*, 1833.   1 fr. 50 c.

ROBINSON DU JEUNE AGE, ou Aventures les plus curieuses de Robinson Crusoé : ouvrage arrangé pour les enfans. 1 vol. in-18, ornés de 7 jolies figures, 2e édition, 1833.   1 fr. 75 c.

VACANCES (Les), ou l'Application récompensée, par madame de Courval. 1 vol. in-18, orné de 4 jolies figures et d'une couverture imprimée. *Paris*, 1833.
                        1 fr. 50 c.

VIEUX (le) **FAUTEUIL DE LA GRAND-MÈRE**, par madane de Courval. 1 vol. in-18, orné de 4 jolies gravures, et couverture imprimée. *Paris*, 1833.   1 fr. 50 c.

VRAIE (la) **FÉLICITÉ**, ou le Bon Emploi du temps ; par madane de Courval. 1 vol. in-18, orné de 4 jolies gravures, et couverture imprimée. *Paris*, 1833.   1 fr. 50 c.

CHEZ LES MÊMES LIBRAIRES.

BEAUX TRAITS DE L'HISTOIRE ANCIENNE, extraits de Rollin; par Lécluse. 1 vol. in-12, orné de 4 jolies fig. Paris, 1834 . . . . 3 fr. »

NOUVEAU VOYAGEUR DE LA JEUNESSE dans les cinq parties du monde; par M. l'abbé Gaudreau, 2ᵉ édition. 1 vol. in-12, orné de gravures. . . . . 3 fr. »

VIES ET AVENTURES DES VOYAGEURS, extraites des Relations les plus curieuses, et faisant suite au nouveau Voyageur de la Jeunesse dans les cinq parties du monde; par madame Woillez. 1 vol. in-12 . . . . 3 fr. »

ECOLE (l') DES MŒURS DU JEUNE AGE, extrait de Blanchard. 1 vol. in-12, orné de jolies gravures. . . . . 3 fr. »

CONTEUR DES ECOLIERS, ou Récits d'un vieux Marin devenu portier d'un collège; par P. C., 6ᵉ édition. 1 vol. in-12, orné de 5 jolies figures. . . . . 3 fr. »

CONTES A MA PETITE FILLE ET A MON PETIT GARÇON; par madame de Renneville, 1 vol. in-12, orné de 24 jolies fig. 9ᵉ édition. . . . . 2 fr. 50 c.

ABRÉGÉ (nouvel) DE L'HISTOIRE DE FRANCE, depuis Pharamond jusqu'à nos jours; par madame de Renneville. 1 vol. in-12, orné de gravures. . . . . 2 fr. 50 c.

BEAUX TRAITS DE L'HISTOIRE DES NAUFRAGES, ou Récits des Aventures les plus curieuses des Marins et des Voyageurs célèbres; par Antoine de Saint-Gervais. 1 vol. in-12, orné de 4 jolies fig. Paris, 1834. . . . . 3 fr. »

SOUVENIRS D'UNE MÈRE DE FAMILLE, ou Contes et Nouvelles pour servir à l'instruction et à l'amusement de la Jeunesse; par Mᵐᵉ Woillez. 1 vol. in-12, orné de 4 jolies figures. Paris, 1834. . . . . 3 fr. »

DICTIONNAIRE (petit) DE LA LANGUE FRANÇAISE, suivant l'orthographe de l'Académie; par M. Hocquart. 1 vol. in-16, orné de 32 portraits et d'une jolie carte routière, br. 2 fr. 50 c.
Et bien relié en basane, filets. . . . . 3 fr. 50 c.

On trouve aussi un fort joli assortiment de Livres de piété des mieux soignés, et tous les chefs-d'œuvre des meilleurs auteurs. In-32, sur grand-raisin. Ces derniers à un prix très modéré.

www.ingramcontent.com/pod-product-compliance
Lightning Source LLC
Chambersburg PA
CBHW070300030726
47505CB00004B/867